我本善良

李氏杂文偶辑

李福钟 著

知识产权出版社
全国百佳图书出版单位

图书在版编目（CIP）数据

我本善良：李氏杂文偶辑／李福钟著．—北京：知识产权出版社，2018.5
ISBN 978-7-5130-5517-8

Ⅰ.①我…　Ⅱ.①李…　Ⅲ.①杂文集—中国—当代　Ⅳ.①I267.1

中国版本图书馆CIP数据核字（2018）第068689号

责任编辑：王颖超　　　　　　　责任校对：潘凤越
文字编辑：褚宏霞　　　　　　　责任出版：刘译文

我本善良——李氏杂文偶辑

李福钟　著

出版发行：知识产权出版社 有限责任公司		网　　址：http://www.ipph.cn	
社　　址：北京市海淀区气象路50号院		邮　　编：100081	
责编电话：010-82000860 转8655		责编邮箱：wangyingchao@cnipr.com	
发行电话：010-82000860 转8101/8102		发行传真：010-82000893/82005070/82000270	
印　　刷：三河市国英印务有限公司		经　　销：各大网上书店、新华书店及相关专业书店	
开　　本：720mm×1000mm 1/16		印　　张：13.5	
版　　次：2018年5月第1版		印　　次：2018年5月第1次印刷	
字　　数：174千字		定　　价：48.00元	
ISBN 978-7-5130-5517-8			

前　言

　　《我本善良》是本书一篇文章中的一个小标题。为了省事，就把它作为本书的书名。仅此而已，别无他意。

　　散文、杂文，大多是有感而发，不受时空的限制。它既是一种感悟，一种抒情，也是一种宣泄，一种寄托，都是出于作者的一种真情实意，肺腑之言，绝没有半点矫揉造作、虚假作秀之嫌，读者看了也会随时发出喜怒哀乐之情。同时散文往往离现实较近，文章中所说的事情大家都是看到过的，都能理解，引起共鸣，比较容易为人们所接受。我正是本着这种精神，一边学习，一边观察，一边思考，触景生情，陆续写下了一点札记，成就了这一本书。文章言之有物，不是无病呻吟。本书所写的观点，只是自己的一种看法，别人不一定都认同，也只能是见仁见智，各抒己见罢了。我写的文章意思如果说对了，对社会世俗有利，我也就心安理得了。万不要弄巧成拙，误导了读者，那真是罪孽深重了。这就是我写作时的心情。全书共列文51篇，分为五类：一、反思（1篇）；二、寄情（12篇）；三、评析（18篇）；四、感悟（19篇）；五、尾声（1篇）。

我所写的散文、杂文，只是些业余之作，与大家们相比，自然是小巫见大巫，相形见绌了。我也只是想尽一个老百姓所应负的一点责任而已。如果能得到广大读者的关注赐教，提高我的写作品位、思想修养，则吾愿足矣。

俗话说：四两拨千斤，靠的是智慧。一个人的力量总是有限的，大家的力量则是无穷的。如果能有无数的四两，不要说能拨千斤，就是万斤也能拨起来。说到这里，我真愿意做一颗小小的螺丝钉。

2018 年元旦

目　录

三、评析

四、感悟

五、尾声

后记

一、反思

我是谁

我今年实足 89 岁了，虚岁也就 90 岁了，即将入土为安了。怎么，一个这么大年纪的人，连自己是谁都不知道，你有病啦？你老糊涂了吧！其实这一点也不奇怪。说知道，我当然是知道的，我坐不改姓，立不改名，一辈子就是这个名字；说不知道吧，倒也真是不大知道，我究竟是一个什么样的人呢？我所知道的自己，实际上也是似是而非，似非而是的，连我自己也搞不太清楚。到快要终结的时候了，弄清楚一下自己究竟是谁，未必没有意义。

我是一个正常的人

首先，我是一个人，这一点应该没有问题。我身高 160 厘米，体重 60 公斤，偏瘦偏矮一点，用那个时候一般女青年的戏谑说法属于"二等残废"。我长得不是很俊，但也不算丑，高鼻梁，大眼睛，双眼皮，一般人还是可以接受的。我具备凡是称之为人的各种功能，我有头有面，有思有想，有血有肉，有五官四肢、五脏六腑、七情

六欲，虽然不见得人见人爱，却也不至于一看见就讨厌吧！我经历过人间的悲欢离合，阴晴圆缺，能坦然地面对一切。我勤于学习，淡于名利，温良恭俭，善与人处，书生意气，孤而不独。我是一个正常的人，普通的人，健全的人，胸怀开阔、认真负责的人。这大概就是我一生的写照吧！

我是一个儿子

我是我父亲、母亲的宝贝儿子。我父亲的前妻生了三个女儿，我的生母，即我父亲后来的妻子，只生了我一个男孩，所以我也可以说是一个独生子。在那重男轻女的时代，我当然备受重视，自小便被我父母所宠爱。我父亲是受过高等教育的，我母亲不识字，但他们两人能和睦亲爱，一心一意地抚育我成人。

我是一个乖孩子，从小到大，父亲母亲从来没有打过我，甚至连骂也很少骂。父亲母亲对我的关爱，促使我也十分敬爱他们，从稚子到我逐渐长大，一直是尊爱他们的。我努力学习，到北京工作后一年，就把二老从上海接到北京来同住，一起生活。我娶了妻子，一家四口也还是比较和睦的。父亲老了，病了，那时还不兴去医院，我到一位老中医家去恳求他到我家去为父亲治病。那位老中医说：我本来是不出诊的，念你一片孝心，我就去看看吧！我父亲去世时79岁，当时还行棺葬，我和其他三位同事、同学一起在寒冬中各骑了一辆自行车直达八宝山人民公墓为他安葬，尽了一个儿子应尽的责任。我母亲92岁去世，我把她与我父亲安葬在一起。

我父亲深知他的儿子天性愚钝，将来不可能有什么大的作为，所以他从来没有说过你将来要怎样怎样。但是他希望我能成为一个正派的人，对社会有用的人，所以他在我小时候教我学国文（即现在的语文），练书法，可以说是耳提面命，不遗余力，煞费苦心。我呢？也知道自己笨拙，但还比较老实、听话，父命不敢违背，他教的书不敢不读不背，教我书法不敢不写不临。没有想到幼年时我父亲教我的东西，后来竟然用上了，在工作和为人处世上还是起到了作用，对此，我对我的父亲是感激不尽的。

　　我母亲呢？对我生活的照顾是无微不至的，我一有点头痛脑热，首先跟母亲讲，母亲替我找医生、买药。我一咳嗽，就怀疑有肺病，母亲带我到医院去照 X 光，一照，没有事，使我放了一大心。记得我小时候跟母亲讲故事，大概十一二岁，放暑假那会儿。早晨，我母亲躺在床上，我坐在床沿，给我母亲讲《三国演义》《精忠岳传》上的事，什么三请诸葛亮呀，草船借箭啦，什么岳母在岳飞背上刺字——精忠报国，岳飞的骁将张宪、牛皋等英勇善战啦！一连讲了好多天。儿子讲得绘声绘色，母亲听得津津有味，多么快活呀！现在想来，就像昨天刚发生过的那样，我就是在这样的环境中长大成人的。二老去世后我每年都要到他俩的墓地去扫祭，一直到现在。唉，我现在也已经老了，我不知道我还能到他们那儿去几次，深深地感到一种惶惑不安。我写了一首《感激》的短句，以表明我此刻的心情。

感　激

八宝山人民公墓

我父母亲合葬在此

于兹已近六十个春秋

忆昔儿时

严父督教

慈母养育

音容笑貌

犹如眼前

岁月蹉跎

而今儿亦老矣

每年清明

我必扫墓

在二老面前

鞠躬行礼

默默反思

千言万语

并成一句话

你俩辛劳一生

我感激你们

不求闻达

但愿无愧尊前

我是一个丈夫

我的妻子是陈家十个兄弟姊妹中的大姊。由于家里孩子太多，我妻子的父亲负担不起，几个长兄长姊中学毕业后就没有上大学而工作了，挣钱来贴补家用，并支持几个小弟、小妹上大学。关于这一点，她的几个小弟弟、小妹妹一直表示感激，而几个大哥哥大姊姊则表示这是应该的，所以她们家兄弟姊妹虽多，关系却一直很好。我的妻子很美，倒不是说她的外貌美，而主要是心灵美。我妻子的一个特点是工作勤奋，不辞辛苦。她在一个小学里教书，成绩不错，升学率很高，不久就被提升为副校长，受到领导的器重。我和她恋爱多年，领导决定让我下放农村，我即去上海结婚，大概在春节前两个星期。新婚燕尔，情意缱绻。我本来是想过了春节后返京的，但是突然接到编辑部一位副主任的来信说下放干部春节前就要起程，要我在春节前回京。我信以为真，领导的话哪敢不听，随即去火车站买了第二天的火车票。等到晚上我妻下班回来才告诉了她，她全家人都感到愕然，怎么这个人结婚不到一星期就要走，而且不跟谁说呀！我把北京的来信给他们看了，他们也都相信了，也就放我走了。其实我回京后才知道，下放干部并不是马上就要走，而是要等春节后才走，领导大概是怕我在上海刚结婚，乐不思蜀，所以来信叫我即回。那个时候我很单纯，根本没有去追问一下，上令如山，岂敢违反。这是我在结婚后对妻子做的一件傻事，但是我并不后悔，而妻子也并不怨我，她是深顾大局的。

第二年暑假我结束下放回京，我妻子也从上海调至北京，在离家不远的一个小学里当副校长。那个时候，我俩都是一般干部和基层干部，但工作都很愉快。很快有了孩子，生了大女儿后，不到两年又生了第二个女儿。我们俩都没有重男轻女的思想，觉得女儿也好，不一定非要男孩。她觉得怀孕生育对工作对身体都有影响，不想再生了。于是她毅然决定做了绝育手术，觉得轻松多了。我妻子对我父亲母亲也极尽孝心，关怀备至。她白天上班，下班后还要做

家务，正如当时社会上流传的，中年女子最辛苦，上有老，下有小，我妻子是全心力地投入了。她对家庭的关怀和付出，远远多于我。不过我也是很关心她、爱护她的。她每天下班较晚，常常要到六七点钟，我下班后见她还没有回来，就去她的学校门口等她，看她出来了，两个人一起回家。可以说我俩结婚以后没有吵过一次架。渐渐地她的身体不支，患了高血压、神经官能症，她学校一来电话，我就立刻赶去陪她去医院。50多岁时，她患了卵巢囊肿的病，我和女儿、女婿陪她去北京妇产医院动了手术，回来后不久，她因已到退休年龄，就办了退休手续。她的身体就一直多病。我退休后继续返聘上班，我妻子一个人在家感到孤独，她曾说你不要去上班了，在家陪陪我吧！我那时还真不懂得她寂寞的心情，仍继续上班，只有当我后来退休回家一个人感到寂寞时才想到她那时的心情，我真是很对不起她呀！我俩曾经有一个愿望，就是一起共度50年金婚，但是离金婚不到一年，在我俩结婚49年的时候，她竟离我而去。这个愿望永远不能实现，成为我俩最大的遗憾。她在一次病重时自言自语地说："人生就是这样呀?!"声音低沉。我一时语塞，无言以对。这是一句永恒的经典问话，也是一句无法回答，或者不需要回答的问话。唉！现在该轮到我来提出这个问话了。一万个人提出同一个问话，却可以有各种不同的回答，谁的回答是最正确的呢?

我是一个父亲

我是两个女儿的爸爸。自从有了两个小女孩，家里平添了许多生气。小姊妹俩天真活泼，小时候喜欢唱，喜欢跳，也爱学习，学习成绩不错。只是她俩数学都比较差，有点像乃父。我倒觉得，不能学理，学文呗。我平时工作很忙，对她俩没有什么帮助，还是我妻子对她俩关照得多。我至多是在学习上多督促一下，在生活上管得很少，全是我妻子的事了。有一段时间，我和妻子白天都要上班，我母亲年纪太大了（父亲已经去世），照顾不了，就委托院内一对老夫妇帮助照管。有一次我的小女儿把手伸到滚烫的水盆里去，两手顿时肿胀起来，痛不可遏，可把那两位老夫妇吓坏了，立刻送医院诊治，并且多次向我和妻子道歉。孩子的事，看来细小，但一不留心，就可能酿事，可以说父母对子女的关爱是无微不至的，只是平时无事，不觉得什么罢了。我是从内心里喜欢她们，我和妻子从来没有打过一次孩子。我们有时候带她俩出去玩，到颐和园、北海、天安门广场，她俩追打吵闹，游兴很浓，而我和妻子也深深地得到了天伦之乐。

孩子们渐渐长大了，她们从小学到中学，到大学，读研究生，一切都很顺利。随后就是工作，谈恋爱，结婚生子，我和我妻子算是尽到了责任，好交代了。当时我们国家的物质条件还很差，家庭生活不宽裕，但我孩子并没有半点埋怨，家庭生活一直是很和睦的，两个女儿和女婿工作都很不错。但是想不到的是我妻子因病去世后，不到三个月，我大女儿也因病去世，她正当英年，45 岁，在一个大学里教书，正当贡献她的青春才华时，却匆匆地离我而去。这一年给我的打击实在太大了。从此我一个人生活，确实是孤苦伶仃。小女儿给我找了一个小时工，主要是做家务事。小女儿虽然工作很忙，但对我仍关怀备至，除了经常通电话、见面外，每年春节我必到她家住几天。前几年小两口还驱车带我到山西参观黄河壶口瀑布，去山东参观孔庙、登泰山等，使我晚年的生活过得很愉快。他俩多次叫我过去常住，但我都以我自由惯了、不方便而婉辞。大女婿虽然

一、反思

• 9 •

又成了家，但他俩对我也很关心，时不时地给我送东西来。两个女儿的儿子，就是我的外孙，学习也很优秀，工作也很不错，使我得到许多的安慰。

唉，我作为一个爸爸，对我的孩子似乎付出的少，而收获的多，但是我是很爱她们的。我现在尽量想保持自己的身体健康，不要因为生病而麻烦她们，影响她们的工作。她们工作好，就是对我最大的慰藉，我还要求什么呢？

我妻子和大女儿去世后，我曾多次写诗怀念她俩。现将近作《但愿》一诗列后。其余三首曾在有关书刊上印出过，也附在后面。

但　愿

独处高楼

已是黄昏时分

望穿远山

松柏缭绕

寂寞双冢依在

你我同此凉热

我妻与长女

长卧于斯

十有年矣

每念及此

意兴阑珊

嗒然若失

叹人生短暂

悲欢离合

曾几何时

彼王公权贵

曾经的喧嚣显赫

而今安在

我辈小民

情深意厚

青春永驻

但愿天上人间

多一分真诚

少一点虚伪

2016 年 8 月

附：

词二首

（一）江城子
——仿子瞻词怀念妻女离世五周年

五载阴阳两茫茫，不思量，自难忘。一双荒冢，孤雁任凄凉。纵使人前强欢颜，风扑面，鬓已霜。

曾想当年著新装，遂远飏，太匆忙。而今无言，唯有寄衷肠。三五小书摆旧台，空惆怅，何所傍？

2011 年 6 月，原载《异床同梦》一书

（二）遥寄

——仿李叔同《送别》

高楼上，大道边，

斗室连广袤。

隔窗车水人如潮，

晚霞天外天。

一页纸，一支笔，

所写为何事？

遥寄双魂景仰园，

孤衾独梦寒。

高楼上，大道边，

斗室连广袤。

隔窗车水人如潮，

晚霞天外天。

2013 年 2 月，原载《宽衣解带》一书

杂诗二首

——乙未清明节赠亡妻陈钟琇、大女儿李大农离世十年

一

清明　清明

又是清明

扫墓季节

来到你们面前

仍然是那山坡上的双冢
呼唤没有回应

母女紧相连
何似在人间
你俩每天
交 谈 否
拥 抱 否
怎 么 过
应知远处亲人思念

二

天 天 见
天天不见
永 远 见
永远不见
而今我已老迈
即 将 见
何 日 见

忆往昔全家缱绻
如在目前
所幸儿孙峥嵘
聊堪慰藉

2015年4月5日，原载《温故知新》一书

我是一名编辑

　　我打从大学毕业分配到一家中央国家机关工作后，就开始当一名编辑。起先是在编辑室编一本杂志，后来编辑室扩大为出版社，既出书，又出杂志，由编一本杂志逐步扩大为编两本、三本，这也可见出版事业的兴旺发达呀！出版社曾因各种客观原因时起时落，即两次停刊，两次复刊，但只要有这个出版社在，我都是其中的一员，因此我在这个出版社算是一个元老式人员了。在出版社，我从一个普通编辑，逐步提升到总编辑，进而主持出版社的工作，直至在这个岗位上退休，返聘，告别，我的整个一生就算是献给我的编辑事业了。

　　我退休后写了一本《编海循踪》，算是对我一生编辑工作的小结。现在回想起来，我在编辑工作中除了坚持贯彻党的金融工作方针政策以外，主要经验有两条，即我对编辑工作的态度——"两心"：一是耐心，二是细心。先说耐心。编辑工作说起来也是一桩很枯燥的工作。成天面对着那些稿子，几十年来，恐怕也是成百上千、上万了。来稿当然都是金融方面的，内容大体也差不多，你得一篇一篇耐心地看下去。领导说"不要放过一篇好稿子"，虽然你看的是一篇稿子，好像无足轻重，但作者是费了不少心血写出来的。投稿的人都想登，当然登出来最好，即使不能登，编辑总得看一下吧，他很盼望你对这篇稿子提出一点意见，但是编辑部收到那么多稿子，哪有可能来稿必复呢？不可能呀！但是即使不能复，你总得好好地看一下吧！你总不能连看都不看，或者一扫而过，随即归档。这既是不负责任，也对不起作者的辛勤劳动，于心何忍？这个时候需要

的就是耐心，你得一篇一篇硬着头皮看下去，在一篇冗长的稿子中发现其中有可取之处，就尽量设法采用，不一定要全文照登。而且要相信作者的写作水平是在不断提高的，有的作者起先写的文稿连文字都不通，内容也很一般，但不过两年，他的来稿就大不相同，不仅言之有物，文理也变得很通顺，真是士别三日，刮目相看。一些作者开始时只写一些豆腐块式的小稿子，后来能写一些通讯报道甚至评议性文章了。编辑的耐心带动了作者的耐心，作者的耐心促进了编辑的耐心，作者和编辑就是在这种耐心下提高写作、编辑水平，变得水乳交融的。

二是细心。这也是编辑人员所必须具备的一个基本点。编辑人员需要对来稿进行加工，使来稿能够更加顺达，主题明确。编辑出版的书刊是要让广大读者看的，不是你一个人看的，出版的书刊如果出现文字不通，错别字连篇，甚至在政策方针上与上级规定的不符，就是一种误导，对读者的影响很大，这也是编辑工作的一个大忌。我在编辑工作中自觉还是比较细致的，一篇稿子总要反复修改几次，修改的地方总是要划出标记，让排版的人一看就知，从不随意乱划，改了后面不看前面，改了前面不看后面，变成一句话前后矛盾，让读者看了莫名其妙。为此，上班时间干不完，就带回家去看，晚上加班是常事，但是我审稿、改稿都是坐下来，静下心来，仔细斟酌，心无旁用。我不赞成有些同志在马路上等班车的时候还在那儿看稿子、改稿子，这怎么能改得好呢！细心不细心不仅仅是一个编辑人员的工作态度问题，而且涉及一个出版社的出版水平。说老实话，你现在看《人民日报》，不要说别的，你很难找出它文字上的差错，而其他一些报纸就很难说，我确实认为《人民日报》的水平要比其他报纸的水平高出一筹。

由于我在编辑工作中比较耐心、细心，所以一般差错比较少，取得了领导的信任，恐怕这未始不是我得以逐步提升的一个重要原因。

平心而论，我当一个总编辑，出版社的主要负责人，主持出版社的工作，是不合适的，因为我没有这个才能。我作为一名编辑，成天地趴在桌子旁，拿着一支笔，在一篇稿子上划过来，划过去，让它变得顺当一点，我还是能做到的，而如果让我主持一个单位的工作，需要运筹帷幄，对我确实很难。特别是我不善于经营，对出版社经济效益考虑较少，而这在商品经济时代是不行的。我在工作中一定有很多的失误、缺点、错误，幸亏我的同事们还是很宽容的，理解我，原谅我，我要感谢我周围所有的同志。

我是一个共产党员

全中国刚一解放，新中国刚一成立，共产党、毛主席的形象是多么的高大呀！哪一个人不想加入共产党呢？我也不例外。可是那个时候入党的条件非常高，审查也非常严，而且也恰恰因为如此，党员的形象也是非常高大的。我的入党申请虽然提交得不晚，却迟迟到粉碎了"四人帮"以后才得以解决，很不容易呀！

入党到现在也有三四十年了，说长不长，说短也不短了。在党的长期培养教育下，我的思想觉悟不断有了提高，我深信党纲党章上规定的宗旨是正确的，伟大的，作为一名党员，我要坚定地按照这条道路走下去，责无旁贷。正如习近平同志在庆祝中国共产党成立95周年大会上讲话时告诫的，我会"不忘初心，继续前进"的。

作为一名共产党员，我经历了历次政治运动，上山下乡、整党整风，等等，差不多和我年龄相当的人经历过的，我也恭逢其盛，亦与有荣焉。为此我曾写了一本《岁月匆匆》，把我青壮年时期的一些经历写了出来，因为我觉得那个时期的青少年大多有这种经历，看了这本书，会有一些共鸣。我在历次政治运动中，既没有整过人，也没有被人整过，因为我对整人不感兴趣，我也没有什么"资本"被人整。那你是不是一个逍遥派、旁观者？倒也不是。我在多次政治运动中大多是做记录，因为那个时候我还很年轻，大概二三十岁吧，小干部一个，谁管你呀！只是把人家讲的照实记下来罢了。在"三反""五反"运动中我也看过"老虎"，晚上陪"老虎"睡觉，与"虎"共眠，一点也不害怕。在"五七干校"时，我被抽调到县政府所在地，和几个同志一起写县政府"大跃进"成果的书。那个时候哪一个不赞美"大跃进"呢？县政府摆出了一个几十斤重的大南瓜，表明这是他们那里"大跃进"的成果和证明，我们写书的几个人也都是相信的。这本书倒是写完了，最后并没有出版，大概是已经有人怀疑了，"大跃进"恐怕不一定是那么回事，不要说粮食亩产一万斤没有这个事，即使放在那里的大南瓜，恐怕也就是那么一个或几个，再找也找不出来了。我们几个下放干部还在一起写了下放干部的经历的一本书，也是不了了之。"文化大革命"时期，我也没有闲着，看本单位的大字报呀，到几个学校去看大字报呀，写大字报呀，听毛主席的最新指示呀，看小报上的小道消息呀，参加批斗会呀，等等，那都是必不可少的。尤其是在军代表进驻以后，各个造反派联合起来成立了大联委，我被叫去做宣传工作，每次由军代表主持的大联委会议，我都参加，随时记录，随时整理。午饭前刚散会，大家一起去食堂吃饭，我的宣传稿就广播开了，及时传递了信息，因此有人戏称我"李台长"。整风运动结束时，我被抽调到总行，与

一、反思

办公厅、党委等几个负责人一起写整党总结，也算是一项重要的工作吧！

不过有一个问题，我在思想认识上至今还没有完全解开，就是我作为一名共产党员，我相信马克思主义，但同时我也相信中国的一些传统理念，特别是儒家的学说，相信孔子的仁、义、礼、智、信。特别是在我退休以后，阅读了一些先秦时期各家的学说，尤其是儒家的学说，觉得他们的许多话言之有理，它们是中国传统文化中的瑰宝，对我的自身修养和为人处世有很大的帮助。为此我写了不少学习札记，写出了自己的读后感，心得体会，出版了《吾思吾言》十本书，还有《温故知新》《学而则思》等学习札记类图书，不遗余力地宣传中国传统文化，每天不间断，有时几乎到了废寝忘食的地步。现在出书，不像过去那样，出版社要付你稿费，而是作者要向出版社交出版费。对此我从不吝惜，只是为了宣扬中国的传统文化，做一些被人们不看好的事情，或者对即将被湮灭的学说理论，做一点解读工作，做到古为今用，把自己学到的一点东西吐出来，与大家共享。我做这项工作，也许并不能被人看好，认为已经过时了，甚至认为我腐朽、保守、老顽固，其实我觉得现时人，十句话恐怕总离不开一些古语或古意。有关的文章指出，我们日常用语中来源于佛教的就有上百种，例如"世界""觉悟""自觉""智慧""小品""割爱"，等等。引用佛教的词语都这么多，何况我们自家的东西呢！传统的东西无时无刻不印在人的脑海里，真是挥之不去呀！我觉得我是在做一件有意义、对人有益的工作，这是我的一个责任，因而乐此不疲，坚持不懈，直到如今。

我在学习中，常常问自己，信仰马克思主义和推崇中国的传统文化，特别是儒家学说有矛盾吗？儒家学说和马克思主义是对立的吗？相信了马克思主义就不能相信中国的传统学说，相信传统学说就不能相信马克思主义吗？两者是互相排斥的吗？我不持这种观点。马克思主义本身也是集聚了各家先进学说的内核，相信马克思主义并不是要全部摒弃我国的传统学说。况且相信传统学说，也并不是全部拿来照抄照搬，而是要吸收它的合理内核，择其善者而从之，扬长而避短，学习马克思主义也要结合中国的实际情况，不能照搬照抄，不是吗？

　　你是不是拒绝接受新的、现代化的、外来的好东西？不，绝对不是，我非常喜欢新的、现代化的、外来的好东西。但这并不意味着必须放弃旧的、传统的、固有的好东西呀！其实古代的东西，在当时也是新的。春秋战国时期百家争鸣，各家提出自己的学说观点，大家都觉得很新鲜，即使到了现在有些人还觉得很新鲜，不觉得它古老，而只是说传统。"五四"新文化运动，到现在已经一百年了，是历史了，不是当前了。新旧，今古，不能单纯地用时间的尺度来衡量，而要以这种学说观点正确与否来衡量。凡是正确的学说观点即使再古老，它也是新的，当前的学说观点，即使再现代化，如果是错误的，它也是不能持久的。人们常说马克思主义要与中国的革命实践相结合，马克思主义也要中国化。我想，马克思主义与中国优秀的传统文化相结合，也可能就是马克思主义中国化的一个过程。"五四"时期有人提出打倒"孔家店"，至今打倒了没有？没有呀！党的许多领导人在讲话中还时不时地引用孔子说的话，引用中国传统的学说观点，这丝毫也不动摇他作为一个坚定的马克思主义者。我们必须有坚定的文化自信呀！我的这种想法不晓得对不对，希望得到高人的指教。

我是一个作者

我一直主张编辑要写稿，编者应该成为一个作者。五四运动以后的近现代有许多作家都是编辑出身，如叶圣陶、邹韬奋、夏丏尊等人，都当过编辑或者出版人，开过书店，就连鲁迅、李大钊等人也主编过许多报章杂志。编辑和作者其实是一而二、二而一，二者是密不可分的。

编辑要写文章，必须要看很多书，在增长自己知识的同时，提高自己的写作能力，也同时提高了编辑水平。写作开始时可能是短篇的，许多作者开始时写的小文章，即报刊上所谓豆腐块文章，随后他可以写短篇的、长篇的小说，通讯报道，甚至评论文章。不过写文章不是为了出名，所以许多人不用真名，而是以笔名写文章，甚至以"废名"来署名，你知道他是谁呀？但慢慢地总会知道他真名的。当然，"动而得谤，名亦随之"，韩愈说的，这不是说他写得不好而是因为他得罪了上级，受到批评，但名声也随之而来了。当然，谁愿意动而得谤呀，谁都愿意自己的文章让人欣赏呀！

我感到惭愧的是我虽然主张编辑要写文章，写书，但我自己却没有做到，我在职时大概确实是太忙了，没有时间自己写东西，只是临时写了几篇应时的文章，没有多大价值。倒是我退休了，不加班了，有一点自己的时间了，我想着要写些东西了。

开始时我也只是凭着我的兴趣，写了一点东西。最早的一本是《编海循踪》，只是把我从事编辑工作的经验，小结了一下而已，现在看来已经很不够了。接着写了《岁月匆匆——一个普通人半个世纪的故事》，主要是我参加工作后的工作经历，如下放劳动，"五七干校"，参加历次政治运动，"文化大革命"，等等，一直写到退休。因为我觉得这一段经历，与我同时代的人都会有，可能会博得一些同龄人的共鸣。

随后我重温了一些古文，特别是春秋战国时期诸子百家的书籍，觉得他们的思想深邃，见解独到，给人的启发很深，于是就边读边写了一些学习札记，渐渐觉得古人的东西有不少对现代人也适用，对于现代人的为人处世可能有所帮助，觉得很有意义，于是连续不断地写下去，从孔孟老庄到韩非子、《吕氏春秋》，一口气写了十本；同时看了习近平总书记关于要重视传统文化的讲话，深感我写的东西与中央领导人的意见是一致的，更增强了我的信心。为了便于阅读起见，我写了《温故知新》一书，就是把我先前写的十本《吾思吾言》简括成一本，重新写了新的学习札记。《学而则思》一书则是我学习《古文观止》上一些文章的心得体会。我又联系当前社会上的一些问题，写了渴望三部曲，即渴望和平、渴望公平、渴望正义，虽然有些是写的做梦，但实际也是写的现实，主观意图是想古为今用，活学活用，对现代社会有所借鉴。近年来，我又和几位同志一起编写了一本《吾学吾思》，主要是对五四运动到新中国成立以前这一段时间（30年）我国一些著名作家的文章发表一些学习感想。这个时期在我国历史上称为新民主主义革命时期，在文学上有一个突破性的进展，就是从写文言文改为写白话文，一些作家写文章鞭笞旧社会，传播新思想，为新社会摇旗呐喊，为新中国的建立起了插秧播种的作用。

从1990年我退休后算起，到2017年，27年的时间，我没有停止过写作，连这一本已共写了22本书，得到同志们的很大支持。我现在也有粉丝啦，一些同志用各种方式鼓励我，有的同志看得非常

仔细，对我书中出现的差错提出了意见。我在写书过程中不断增加了知识，增进了修养，对我自身品位的提高有很大的帮助。不过我写的东西都不是学术著作，只不过是向读者提供了一些通俗性的、普及性的常识读本，可能有一点用处，也可能没有用处，或者不合时宜，为智者垢笑，不过我只是尽我的一点心力而已。

我本善良

大概是受到儒家思想的影响，我在对人对事上往往持中庸态度，和为贵，君子和而不同，从来不和人争得面红耳赤。我本善良，说得好听一点，是能与人和平相处，和谐相处；说得实在一点，是斗争性不强，是一个诚挚的亲和派，谨慎有余，斗争不足，有一点谨小慎微的味道。主要表现在：我待人处事表扬多，批评少，觉得表扬能调动人的积极性，而批评则容易挫伤人的积极性，而且得罪人，以后不好相处。

我不赞成为人太精、太尖，觉得这样的人一点亏也不肯吃，不好相处，只好敬而远之，惹不起还躲不起吗！

我不愿意在大众场合大摇大摆地走在前面，尤其是有领导同志在的时候，总是缩在后面，跟领导同志照相，也总是站在后排旁边，所以在这一类照片中往往不容易找到我。有人说：你这个人有点傻。可我觉得傻一点也好，大家都往前挤，谁站到后面去呀！总有人站在前面，有人站到后面去的，我对此毫不介意。

从对自己有好处这一点出发，我是很愿意听不同意见和接受别人对我的批评的。我常常举的一个例子是：我刚参加工作不久，一次一位领导同志对我提出批评，说我受到表扬时兴高采烈，而受到批评时则懊悔莫及，有一种小资产阶级患得患失的思想。是呀！我还真是有患得患失思想。领导表扬我，就表明领导信任我，对我的工作有好处；领导批评我，说明领导对我有意见，将来的工作不好做啦，心里充满着不安。这不是患得患失是什么呢！不过，虽然我表示愿意听批评意见，但实际上我还是愿意听表扬，怕听批评，离先哲们教导的"闻过则喜""朝闻道，夕死可矣"的要求相差很远！

我总觉得自己管好自己就行了，至于别人怎么样，你就不用去管了，要管也管不了。我有时看到个别同志工作不是很努力，任务完成得不是很好，作风浮躁，心里很不高兴，但很少做具体的批评帮助。我认为一个人都这么大了，他应该懂得怎样做，不怎样做了，还要去说吗？由于有了这种思想，就对这些同志听之任之，放任不管，这实际上是一种不负责任的态度，尤其是对下属不负责任。什么叫领导？是要对人对事进行引领和指导呀，我在这方面可以说是做得很少。孔子对他所有的学生都谆谆教诲，聪明的也好，不聪明的也好，勤奋的也好，懒散的也好，都是非常认真地指出并教导他们的，而我在这方面，做得很少。亲和可以，但亲和不是放任，我现在还感到内疚。

我平时的嗜好很少。我既不抽烟，也不喝酒；既不唱歌，也不跳舞；既不下棋，也不打牌。所以没有烟友、酒友、歌友、舞友、棋友、牌友，孑然一身，显得很孤单，尤其是我老伴去世以后，就更显得孤单了。好在我本性比较好静，十年孤单下来了，一辈子孤单下来了。然而，如果仔细一想，这只是一种形而上学的片面的看法，其实我并不孤单，我有很多的老师、亲戚、朋友，我要跟那么多的人接触、交往，我并不孤单。

首先，我的朋友遍天下，上下几千年，古今中外，他们都是我

的老师。我阅读他们的著作，就像目睹了他们的音容笑貌，聆听了他们的高谈阔论一样。他们告诉了我各种思想、理念、学说、信仰、道德、爱情、规范、礼义，怎样做人，怎样治家，怎样治国。他们告诉了我为人之道所有的一切，没有他们，我就是一个瞎子，那才是真的孤单、孤独了。有了他们，我才知道什么叫人生，什么叫世道，怎样对待和度过自己的一生。我的思想自由飞翔，畅通无阻，我变得非常的快乐，一天也离不开他们。

其次，我有许多现实中的朋友。他们各有所长，也各有所短。三人行，必有我师焉，择其善者而从之，其不善者而改之。我在日常的工作中，在和同志们的交往中，看到了他们的许多长处，学习他们的长处。他们最大的长处就是一心一意地把工作做好，正是这一点，我们就成为最好的朋友和同志。说实在的，要是没有周围这一班同志的支持、帮助，我的工作一天也做不下去，这使我深刻地认识到同志的重要，朋友的重要，共同事业的重要。不仅在工作上如此，在生活上我们也是互相关心、互相帮助的。我每次出书，都向出书单位购买 300 本，分赠朋友亲戚，还不断有朋友向我要书。有了这些亲密的朋友和同志，我还孤单什么呢？

最后，我的亲人给予我温暖。我在我们李家同辈中是最小的，比我年岁大的都已经不在了，现在我是我们李家唯一的老大、老长辈。我的大外孙已经有了儿子，论起辈分来我已做太姥爷啦！虽然我的老伴和大女儿已经去世，但这是天有不测风云，人有朝夕祸福，月有阴晴圆缺，人有悲观离合，这是上天安排的，不是人力所能挽回。每个人都会遇到这类事，纵然有些遗憾，但也只能如此，所幸我的小女儿、两个女婿对我还是很孝顺的。我小女儿每天晚上都跟我打一个电话，问问我的情况。一两个星期小两口总要到我家里来，共进午餐，还时不时地从网上给我买用的、吃的、看的，可以说是无微不至。我的大女婿，虽然已经续弦了，但他们夫妇俩跟我还是有来往，很亲切，每年都和诸亲人给我过生日，平时也不时地给我带东西来，特别是我喜欢喝的茶叶。他也十分珍视我写的书，为我写序，并且在他的朋友面前出示我写的书，表示出一种尊重。大女婿、小女婿都是高级知识分子，一个是著名大学的教授，一个是中国科学院的研究员，在学术上都是有成就的。我的两个女儿各生了一个儿子，都很聪明，大的在国内名牌大学数学专业毕业后去美国得了博士学位回来，现在北京工作很顺利，已经结婚生了小孩啦！小的现在也正在美国的著名大学里读研究生。两个外孙和我的感情都很好。这样的一个家庭，使我这个老人平添了许多生活上的乐趣，使我没有后顾之忧。

我的日常生活也有人照顾，衣食无虞，比之过去不知好了多少倍。所有这一切都有利于我的思想作为。看了上面这一段不短的文字，读者诸君大概可以知道我是谁了吧？江苏太仓人士李福钟也。

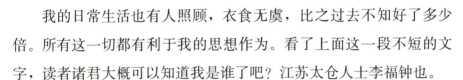

一、反思

二、寄情

萦怀

生我养我的是父母，教我育我的是老师，保我卫我的是国家，他们都是我最亲的人，恩重如山呀！

没有父母，没有我的身躯；没有老师，没有我的心灵；没有国家，没有我的生命。

每逢想到父母、老师、国家，我总油然而产生一种感恩之情，永远也不会忘记你们。这里就举几个例子，表达一点思念之情吧！

祖国

祖国母亲，生我养我的地方。当我到甘肃兰州，在黄河岸边，看到一座母亲侧卧着身躯为一个婴儿喂乳的巨型雕塑时，禁不住热血沸腾，心潮澎湃，感慨万千。啊，黄河！几千年来，见你哺育着华夏亿万人的生命，我是吸吮母亲的乳汁长大的，我的身体里流淌着祖国母亲的血液。祖国有光，我也有光；祖国无光，我也无光。没有你，我们身居何处呀！祖国的命运和每个人的命运是紧紧地联

系在一起的。

纵观世界，过去的一些文明古国，有的已经消失了，有的则由强变弱，由盛变衰，由安变危，已不是那么耀眼了。只有我们中国，历经沧桑，仍然光芒四射，巍然屹立于世界之巅，向全世界发出响亮的声音。

"厉害啦，中国！"看到中国一天天强盛起来，我由衷地感到高兴，一刻也不能忘记祖国母亲。

天地

海阔凭鱼跃，天高任鸟飞。凭着人们的智慧和勇气，可以上天揽月，下洋捉鳖。当今世界，科学发达，什么事情不能做到呀！人定胜天，事在人为。

大地离我们既遥远，又近在咫尺。每个人都要走路，踏在坚实的土地上。在我走过的地方总留下我的脚印。只有脚踏实地，一步一步地走，才能走得夯直，走得遥远。让我们一步一步，踏踏实实地在祖国的大地上行走，在人生的征途上潇洒走一回。

过去说"天涯若比邻"，现在叫"地球村"；过去说"四海之内皆兄弟也"，现在则要建立人类命运共同体。古时人与现代人的心情何其相似乃尔，这恐怕是人类共同的心声、愿望和追求吧！

有不同意见怎么办？打。对，打。不打不相识。但这个"打"，不是指的打架、打仗，而是指的沟通、交流。只有交流，才能相识，打光了还能有什么？

夫妻

夫妻恩情，相濡以沫，痛痒相关，生死与共。这种关系是无法用言语来表达的，是不能用别的什么来代替的。

为什么呢？因为夫妻风雨同舟，酸甜苦辣，人情冷暖，互相体贴帮助了一辈子。

要看重夫妻这个名分，珍视这个名分，不要视若儿戏。不能游戏人生，首先不能游戏夫妻。

师恩

时不时地想起小时候的一些老师。这里不能多写，就只提及几位吧！

小学时一位教图画的老师，清瘦而白净。我平时画得不好。一次，我的一位堂兄（苏州美专毕业的）帮我画了一张画，我把它当作业交了上去，但心里有点胆怯，生怕老师一看这张画就知道不是我画的而申斥我。可是作业发下来时，老师只说了两个字："很好！"我忐忑不安的心情一下子就放松了。老师不会不知道这张画不是我画的，但是他并没有指出，为什么呢？这是他对我的尊重，对他的学生的尊重，对一个孩子的尊重，在我幼小的心灵里留下了深深的烙印。

一位中学国文老师，姓沈，年纪比较大了，同学们都尊称他沈老先生。他精通古文，讲起课来摇头晃脑，非常认真。他对我十分器重，总把我写的作文拿出来展示。有时我写得不好，他很生气，当众批评我，说我如果不努力，就要落后了。他那副严肃认真的脸色使我敬畏，他对学生的教诲不遗余力，至今使我十分感动。

抗战时期我在上海读中学。日本占领上海后，强迫学生都要学日文。一位教日语的中年女老师第一次来上课，一上来就说："日本人侵略我们，我们恨之入骨，但是多学一种外国语言，以后也还是有用的。"她就是以这种心态来教日语的。可见日本人侵略中国，中国人义愤填膺，同仇敌忾，即使懂日语的老师也是这样。

八十多年过去了，什么平假名、片假名，早已忘记得一干二净，而那位教日语的女老师慈祥的面庞，几乎使我看穿了她复杂的内心世界，她的音容久久地留在我的心间。

至于大学里的老师，都是一些饱学之士，令人敬仰，至今难忘。这里说一个例子吧！那就是教中国通史的周予同老师。他长得不高不矮，稍微有点胖，上课时穿一身长袍，风度翩翩，谈笑风生，十分潇洒。一次讲课，谈及泰山。他说：泰山很高，有的人爬不上去，就要乘轿子上去，抬轿子的轿夫是很辛苦的。有一位轿夫在休息时，坐在半山腰，手里拿着一根旱烟袋，一边吸烟，一边遥望天空，目光所及之处，若有所思。啊！一个劳动人民，文化程度并不高的轿夫，也能有这么平静的心态，开阔的胸怀，豁达大度，面对这个世界，不能不令人感慨。他们不一定不聪明，只是因为贫穷，才干这个的呀！他们以劳动谋生，适应了人们的需要，也是为社会作出了贡献。老师把一位轿夫的心理状态描写得惟妙惟肖，入木三分，令人神往，好像自己也亲眼看到了那位轿夫坐在半山腰抽烟遥望时的状态一样，怡然自得，超然物外，多么自由呀！老师的讲课效果就这么好，令人钦佩。

老师们教给我知识，给予我智慧，使我永志不忘，师恩说不完呀！

从《爱的谎言》想起的

　　北京的报纸上曾经登过一篇《爱的谎言》的报道。说的是一位名叫黄舸的"感动中国人物"于2009年因病去世，他的奶奶深爱这个孙子，家人因怕奶奶过于伤心，影响身体健康，没有把黄舸去世的事告诉奶奶。2016年，奶奶已经89岁了，视力、听力都严重下降，她十分思念孙子，7年不见了，总想在有生之年见一下孙子。黄舸的父亲为了完成老母亲的心愿，通过当地媒体找到了一位与黄舸外貌与特征相似的王峰，冒充黄舸，终于在2016年3月17日与奶奶在长沙见了面。舆论称之为"爱的谎言"。这是一个真实的故事。

　　或许有人会说，这何必呢？孙子去世的事早就该告诉奶奶了，奶奶一时伤心，过一段就会平复的，何必今天再搞这一场活剧，这不是弄虚作假吗？万一弄穿帮了，不是反而不好吗？

　　是的，这事要么不做，要做就必须十分周密，出不得半点漏洞，否则前功尽弃，不但无益，反而有害。奶奶的儿子及家人这次确实考虑得很周密，安排得很周到，没有出现什么漏洞，奶奶信以为真，

很高兴，家人们心里也都放下了一块石头，得到了一点慰藉。当然，这个老奶奶可能没有多少文化，也可能老眼昏花，这事上了报，她也看不到，不知晓，这个谎言活剧就像真的一样演完了。

有人说，这件事其实可以不必做。老人已经89岁，也可以说是很长寿了，拖下去，也不会有几个年头了，何必再花这么大功夫来欺骗她呢？不值得。

什么叫值得，什么叫不值得，其实并没有一个定论。需要做就值得，不需要做就不值得。在老奶奶的家人看来，做这件事需要，值得，所以他们做了；如果他们认为不需要，不值得，他们也许就不做了。在这个家的人看来，满足老人见到孙子的愿望的事就值得做，不做这件事就不能满足老人的心愿，他们于心不忍。孟子曾经说过一句话："人皆有不忍人之心。"正是因为老人年纪已经很大了，在世的时间不多了，她现在唯一的愿望就是想见一下孙子，有什么不可以？她见到孙子，也许可以使她高兴，可以多活几年，而她见不到孙子就去世了，这会使她遗憾终生。在尽可能的条件下尽量满足老人的这个心愿，是值得做的。老人的一生能有几个心愿？她在人生的暮年只有这个心愿，就应该满足。这是人情之常，家人们不忍心老人带着遗憾走完生命的尽头，这是中国人的一种传统美德，也就是所谓"人性"的一种体现。什么叫孝？满足老人最强烈的心愿就是孝，这在中国叫做孝，外国人叫做人性，这种心情是完全可以理解的。

有人或许认为，我们需要的是真爱，而不是假爱，你这样弄虚作假是真爱吗？

这就涉及一个什么是爱的问题。什么是爱？爱其实就是一种情感的涌动。无论是父母对子女的爱，祖孙间的爱，夫妻间的爱，还是对朋友的爱，对社会的爱，对国家的爱，都是出于真情，就是真爱。这是人与生俱来的天性，任何人都不会没有。即使是一个犯人，犯了罪，判了刑，他还会在法庭上痛哭流涕，说家里还有一个80多岁的老母，3岁的儿子，年轻的妻子，希望法官从轻发落，或者要求回老家去看一看，跟他们见一面，这种爱心是人皆有之的，是真实的，不是装出来的。有时候确实有一种善意的谎言，或者说爱的谎言，那是为了不愿使对方听了真言而造成过度的伤害。最突出的例子就是医生诊断一个病人得了重症，往往不直接告诉病人，而是告诉病人的家属，并且嘱咐家属不要立即告诉病人，以免使病人造成过重的思想负担，不利于病人的治疗。这种善意的谎言谁也不会给予否定。在这里所有的假话或谎言都是真情，有谁说这不是真情呢！

也有人会说，我从来不说假话，真人不说假话。不见得吧！世界上的人从来不说假话，所说的全是真话，这种人有吗？可以说，没有。可以说没有一个人没有说过假话。世界这么复杂，千变万化，有时候不得不说一句违心之言，做一些自己本不愿意做的事情，每个人都可以问一问自己有过这样的经历吗？不能把复杂的世界看得太简单化了，世无绝对，只有相对。其实，说真话未必都好，说假话未必都不好，这个事情太微妙了，别人不好替你说，只有你自己去咀嚼了。

我们认同这类爱的谎言，并不是提倡大家都来说谎。爱的谎言是在一种极不得已的情况下才出现的。爱的谎言首先是爱，其次才是谎言，如果不用谎言而能表达一种爱，有谁愿意去编造这种谎言呢！

耐得寂寞

在当今这个熙熙攘攘、热闹非凡的世界里，提出"人要耐得寂寞"这样的命题，是不是一种超越现实的悖论？如果我们透过张扬繁华的层面去看它的背面，人们确实是存在着寂寞和虚空。它是客观存在的，就像一枚银币的正反两面一样，是互相拥有，互相依存的。

它有哪些表现形式呢？

1. "人有悲欢离合，月有阴晴圆缺，此事古难全。"

世道无常，变化无穷，今天这样，明天可能那样；今天在这里，明天可能在那里；有顺境，有逆境。变化是正常的，不变化倒是不正常的，人们需要适应这个变化，而不是企图恒久不变。这就是世界，就是人生。"三军过后尽开颜"，没有孤独，哪有繁华，没有宁静，哪有欢乐？人世沧桑，不可捉摸呀！

2. "驿外断桥边，寂寞开无主。已是黄昏独自愁，更著风和雨。"

世界是不断变化的，而唯一永恒不变的是人要变老，老了要有病，病了要死。这有什么奇怪呢？花盛开的时候是鲜艳美丽的，但它总有一天要凋落枯萎，这很正常，人什么梦都可以做，唯一不能做的是长生不老、不死之梦。老年人会说：我曾经年轻过；青年人也会说：我也是要老的。这是理所当然。

3. 希望和失望

人总是有一种希望，有一种愿望，这种希望和愿望总是美好的，但愿这个希望和愿望得以实现。但是不是真能实现你的愿望，不一定呀！当你达到成功时你会兴高采烈，而当你遭受挫折失败时，你会是怎么样呢？懊丧、难过。究竟世界上实现希望的多还是失望的多？很难有一个确切的统计，但希望和失望是每个人必然会有的，实现希望和没有实现希望时的心绪会一样吗？当然是不一样的。

4. 生活和精神

一个人生活上很满足了，但是精神上是否一定满足？不一定呀！我有了这么多钱，该怎么花？成天花天酒地，吃喝玩乐，玩世不恭，你的精神充足吗？富裕吗？你的脑袋里什么也没有，一空如洗，一问三不知，这样活着有意思吗？快乐吗？这样的人还少吗？不少呀！

5. 老年人和年轻人

寂寞、孤独，不一定是老年人的专利，年轻人也会有。当他在得意的时候，亲朋好友如云；当他失意时，人们会远离他，或者敬而远之。人情冷暖呀！年轻人遭受的冷遇不一定比老年人少。就因为你贫穷，没有人理你。就因为你长得不漂亮，就一直嫁不出去。有的人就因为长久发不了财而唉声叹气，愤愤不平，甚至比老年人还更烦恼，害起了抑郁症、狂躁病。

总之，社会是一个万花筒，什么事情都有，什么事情都会发生，有些事是不能以人的主观意图为转移的。

《老子》有一句话："有物混成，先天地生。寂兮寥兮，独立而不改，周行而不殆，可以为天下母。"世界上每一件事都必须按自然规律行事，违反自然规律，你就无法生活。

因此，人要经得起诱惑，要耐得住寂寞。与其说我希望一直处于顺境，毋宁说我愿意碰到困境，并在与困境的搏斗中取胜。其实寂寞是对人的一种考验，人没有不寂寞过，科学家的千百次试验不是在寂寞中度过的吗？作家写出一本书，要经受长时间的寂寞。关键就是看你能不能耐得住寂寞。许多成功人士就是在寂寞中度过的，是耐住了寂寞的。寂寞是正常的，不寂寞是不正常的，要懂得寂寞。寂寞是对人的一种锻炼，凡是耐得住寂寞的，他就可能事业有成，健康长寿，耐不住寂寞的就处处被卡住，最终成为向隅而泣的可怜虫。耐得住寂寞是一个成功人士的诀窍。是不是呢？

孤而不独

我写这个题目，是从学习季羡林一篇文章想起的。季羡林写《寂寞》和《黄昏》时只有 23 岁。这样年轻的青年本是处于风华正茂、朝气蓬勃的时候，怎么会想到并且去写关于寂寞和黄昏的文章呢？一定有他的难言之隐，这是一个满怀激情的青年，对个人、国家前途命运的担忧，而有所寄情吧！

凡是一个人感到寂寞，总有一些原因：亲人离去的思念之情；儿子、女儿在外面打工，一年或几年也回不来一次，想念他（她）们呀；一些志同道合的朋友四散分离，不能时常切磋琢磨、商讨学问呀；或者觉得自己年纪大了，时代进步得非常快，自己的思想跟不上呀；或者对当前社会上一些不正之风看不惯而自己又无能为力呀，等等。凡此种种，都会使人有一种寂寞感，就像季羡林在文章中所说的，不是物质上的寂寞，而是心灵上的寂寞。

什么是黄昏呢？就是白天的阳光已经渐渐消逝，而夜晚还没有到来的时候。你还想抓住明媚的阳光吗？抓不住了，而夜晚的清静一时又还没有到来。这个时候就是黄昏。黄昏抓不到，摸不着，然

而它又确实是存在的，它的存在只有一瞬间，所以只有在黄昏的时间最感到寂寞。黄昏和寂寞相伴而行。

每个人都有黄昏时刻，都有寂寞的时候，每个人都知道怎么来处置它，或者应该怎么处置它。

就拿我个人来说，寂寞和黄昏也曾经严重地困扰着我。那一年，曾经朝夕相处近50年的妻子离我而去，我在一个空落落的房间里面对墙壁，没有人跟我说一句话。祸不单行，我的大女儿在我妻子走后不到三个月也离我而去，她，正当中年有为之时，仓促地走了，我是白发人送黑发人。我从工作了40多年、退休后又返聘了10年的繁忙工作岗位上退下来和家人团聚不久，忽然又过起孤独的生活来，所有这些难道不会感到寂寞吗？又想到自己已经老了，体弱多病，黄昏的时间已经到来，更增加了寂寞感。

怎样来慰藉我这个寂寞的心灵呢？难道我整天坐着吃，吃完睡，醒来再吃，再睡，就这样消磨自己的残生吗？不能呀！这样，与其说是消磨，不如说是折磨。

于是我拿起一本书来，使劲读，读完一本，再读一本，读了以后还写学习札记，心得体会。我像着了迷似的一本接一本地读书，思索，写笔记，以此来摆脱我的惆怅和迷茫，我从读书和写作中也确实得到了许多教益。慢慢地，我竟然积累起了不少的学习札记，并在好友的催促下付诸出版。当一本自己写的书出版，呈现在我面前的时候，我笑了，我快乐了，这是我劳动的成果。只有在我读书、写作，并且拿到了自己写的书的时候，我才是真从寂寞中走出来，从黄昏中走出来。

我出版的书，送给一些亲戚朋友，大多数同志都礼貌性地说声好，但也听到一些不同的声音，如说你写的书太古老了，现在的年轻人不爱看这种书！有的说：现在年轻人都在网上看书，你的书又不上网，谁能看得到呀！有的出版商不愿意出我的书，因为这类书销路不畅，赚不到钱，出版社不能做亏本生意呀！这一类言辞，确实打击了我的一点积极性。唉！我花了这么多劳动换到的难道就是这些吗？难道人们拿到我的赠书就只是说一声谢谢，随即放到书架上再也不去翻阅，让尘土来封住它了吗？我有时候真的有点泄气，不想再写了。然而我却没有停下来，记得当初我写第一本书付梓的时候曾经说过：我出的书，哪怕只有一个人看了，而且认真地看了，感到有收获，我的劳动就算没有白费。不爱看我的书的人是有，但喜欢看我的书的人也并不少。有的收到我的书后来电说：你的书讲了一些传统的伦理道德，正是现代一些人所缺乏的，很需要呀！有的说：你写的渴望三部曲从正面指出了当前社会上一些缺失和问题，很有现实意义。有的说：你写的书，有些是古代的，但又联系现代，联系实际，老年人愿意看，年轻人也喜欢看。有的说：看了你写的怀念你的一些至亲、朋友的文章，情深意切，我也流泪了。有的说：你的想象力还很丰富，什么天眼国、藕丝国，这个国，那个国的，譬喻得都很恰当呀！有的说：我不仅自己看了，还给我的孩子们看。有的人我因不认识没有赠给他们书，他们托人问我要。有的人帮我校对书稿；有的人帮我联系出版社；有的人帮我打印书稿，还怕我年纪大了走不动，把校样送到我家来。出版社的同志每一次都到我家里来商量书稿中的问题。金融出版社的领导同志特意购买了我出版的书，计1000多册，给了我极大的鼓励。有的朋友说：我是你最忠实的粉丝，你的每一本书我都认真地看了，觉得很有收获。还有上海的同学，多次给我寄来上海报纸上登载的有关文章供我写作时参考。更有的人指出我书中存在的缺点、错误。例如有的指出：金

二、寄情

圣叹是明末清初的人，你写成清末民初了；有的说：吐鲁番在新疆乌鲁木齐市的东南角，你写成西南角；太平洋占世界海洋面积的49.8%，而你写成了19.8%。还有一些是商榷性的。同志们这样仔细地看我的书，率直地指出其中的错误，既使我汗颜，又使我万分的感谢和感激。有一些起先对我出的书比较冷漠的人后来也变得关切热情了。

有这么多热心的朋友帮助我，关心我，爱护我，我还缺少什么呢？我什么也不缺，我心满意足了，我不寂寞了，我不黄昏了！我变得朝气蓬勃了。特别是我读了习近平总书记近些年来有关倡导学习中国优秀传统文化的言论，使我得到很多的启发，我深感我写作出版这些书没有错，并不是多余的，是现代人们所需要的。我们学这个，学那个，都很需要，而最重要的是需要懂得怎么做人，我写的正是告诉你这些。不要以为这是老生常谈，是教条，不，都是一些人们需要遵循的规范而恰恰还做得不够或重视不够的，于是我坚定了写作的意志，继续不断地写下去。

黄昏是美丽的。正如季羡林在文中说的："半弯惨淡的凉月印在天上，虽然有点儿凄凉，但仍然掩不了黄昏的美丽。""寂寞也延长不多久，黄昏仍然要走的。"黄昏"它走了，带了它的寂寞和美丽走了，像一丝微飔，像一个春宵的轻梦"。

把寂寞和黄昏当作一种激励，它能使人们孤而不独，不是消沉，而是勤奋。

背影

　　读着朱自清先生怀念他父亲的文章《背影》，情不自禁地想起了自己的父亲。我的父亲在晚清末年中了举人，民国后又在苏州沧浪亭学校、南京高等学堂学习过，也可以说是一个知识分子了（当然都是古学）。他早年在江苏的几个地方当一名县政府的科长，大概是管教育方面的。抗战时期在上海的一个中学里当国文教员。抗战胜利了，他老了，不能工作了，没有办法，在家门口的马路边上摆了一个小人书摊，几分钱一本的租金，不管大人、小孩都可以租一本或几本书，坐在书摊边的小凳子上看。有的看完了书却忘了付钱。有的说："让我拿回去看吧。"我父亲也就让他拿回去了，可再也没有拿回来。当时物价飞涨，家庭生活十分困难，老俩口不时地向亲友借钱，上当铺，有时还叫我去向亲戚借钱。亲友们虽然也借给了我，但脸色总不会很好看的！这种向人借钱的滋味，我也是尝到了。至于上当铺，柜台高高的，我必须踮起脚把东西递上去，当铺的伙计说当多少钱就是多少钱，哪有讨价还价的余地，人穷气短啊！家里的房租拖欠了好几年，凭良心说，那位二房东还算是好的，虽然

也来催我们交钱，但并不逼迫。他大概看到我们家确实很困难，也就放了我们一马。在那种极端困难的境况下，我还是坚持上大学。后来想起这件事，总觉得有点对不起老人家，我什么时候体谅过老人的困窘呢？我一心想的只是完成自己的大学梦。

1951年暑假，我终于大学毕业了，那时新中国已经诞生了。我被国家统一分配到北京某中央国家机关工作，从此我真的解放了，我们家也解放了。第二年春天，我就把二老接到北京。不久我结婚了，四个人在一起，生活安定了，父亲、母亲的心情也得到了很大的宽慰。

不久，中央发出了上山下乡、向贫下中农学习的号召，我第一批下放。那时我妻子在上海，一时还没能调到北京。但两位老人却很坦然，他们虽然不舍得我离开，却仍然匆匆忙忙地为儿子下放准备行装。父亲对下放农村的政策，起先有点犹豫，很快就理解了，而且在我下放前写了一首《五望歌》的诗鼓励我。诗中写道："一朝忽闻下放声，中央命令使人惊。初抱忧疑后觉悟，相与投笔献同情。此是国家培植心，要为干部下砭针，劳其筋骨健其体，不使憔悴空呻吟。将来智劳成一线，庶免剥削与凌侵。""五望"是："一望有恒耐劳苦，二望长与乡民近，三望实地得联系，四望无故勿思家，五望同队相团结。"一个年迈古稀的老人能够有这样的情怀和胸境，很不容易啦！当他在书桌前正襟危坐，握笔疾书时，我看到的是他的背影，正像朱自清看到他父亲送他去北京，在火车站买橘子爬月台时看到他父亲的背影一样。他已经70多岁，他憔悴了，他的头发早已白而稀松，但他依然很镇静，很安定，在困难的情况下仍然果敢地支持儿子响应党的号召欣然下放。什么是爱？这就是爱，无私的爱。他已经把儿子托付给了国家，交给了党，一切就由党和国家来安排，他是深明大义的。他使我放心地经历了生平的第一次劳动锻炼。看到老父亲清癯的背影，我的眼泪禁不住夺眶而出。像朱自清一样，我的脑海中也涌现出了这样的思想：唉！我不知何时再能与他相见。

每一个人都有父亲，当他回想起自己小时候或青年时期受到父亲的爱抚教诲时，怎能不心潮涌动，深深地感念呢！

我父亲已经盖棺论定，我做儿子的对他作了这样的评价：虽然他很贫困，但他很达观；虽然他很羸弱，但他很坚强；虽然他很老迈，但他并不落后。

学习书法

　　书法是中国一种特有的文字书写艺术，这里主要是指用毛笔写的汉字。学习书法，不仅可以陶冶心情，而且可以了解到中国文字、文化的发展演变，等于从一个侧面学习了中国的文化发展史，增加了很多知识。当前一些人士，不论是从事何种职业的，在职时或者退休后都十分喜爱书法，学习书法的人越来越多，少说也不下数百万以至千万人以上了。

　　我也很爱书法，上小学时父亲就教我学习书法，每天都要练大字、小楷，父亲手把手地教我怎样握笔，坐的姿势，磨墨，用纸，等等。我写得好的，他就在旁边用红笔画一个圈，以示鼓励。那时候写作文都用毛笔，实际就是练小楷。这样一直到上了初中，特别是上了高中，渐渐地用起了铅笔、钢笔，不大用毛笔了。一到上大学，出来工作，就根本不用毛笔了。可是刚到工作单位那会儿，有时候需要用毛笔出墙报，或者节日写些纪念文章什么的，都用毛笔，有些同志说我的字写得好，就叫我写。其实我已经好久没有写毛笔字了，而且本来也写得并不好，但是对于从来没有练过毛笔字的人来说，我算是写得好的了。后来"文化大革命"，搞大批判，倒都是用毛笔写了。可那样写字是写不好的，因为那是赶任务，只要会写字就行，谁管你写得好不好呢！

这种情况几乎延续了我一辈子，直到我60多岁，退休了，才又想起写毛笔字来，觉得很生疏呀，写字很累呀，但不管怎么样都坚持了下来。

我正经地学习书法要推到2007年。那时，看到首都师范大学欧阳中石先生领导的中国书法文化研究院主办的硕士研究生班的招生广告，我很想去学，但又感觉到这个班的书法水平可能比较高，我的字写得不好，而且我年纪又大了，不知道他们能不能要我。学费也相当高，在当时就要一万元。我写了一幅条幅，大胆地到学校去报名。我对那位办理报名的女同志说：我是慕名而来，但我的字写得不好，送上一份，请你们审查。她说好。不几天我收到了录取通知，于是就兴高采烈地去上学了。全班40多人，各地都有，据了解，大多已是一些地方的书法家了，有的还是省书法家协会副主席，有的是中小学书法老师或校长，还有从香港来的两位女同胞。别看他们都已经写得不错了，但他们学习都很认真。我因为在班上年岁最大，当时已经80岁了，大家对我都是很尊重的。说一个笑话，有一次，大家在谈到毛主席的草书龙飞凤舞、无人能及的时候，我一时高兴，不经意地说了曾三次受到毛主席接见，竟然引起众人的轰动，因为那些人没有一个见到过毛主席的。其实我也只是在毛主席等中央领导接见总行有关会议的代表时作为工作人员参加了接见，我并不是什么代表，却亦与有荣焉。

这个学校的老师可以说都是著名的书法家，除了本校的老师外，还请了故宫博物院等有关单位的资深老师来讲课。讲课的内容除了

二、寄情

讲解篆、隶、正、行、草各类字体之外，还讲书法理论、书法史、一些著名书法家的不同特点，等等，全面而有系统。授课班还很注重书法实践，学生们上课时都要带笔墨纸张，现场临写，老师当堂指导，还不时地自己写字示范，以提高学习效果。这个班名义上叫"硕士研究生课程班"，但并不是学习完了就是硕士了，而是还要经过考试，学习几年后才决定是否给学位。据我知道，有一位香港来的女生（大概40来岁了）就表示要继续读书法硕士学位。

在首都师范大学学习期间有几件有趣的小事给的我印象很深，现略举一二。开学的第一天，欧阳中石老师先在会议室同大家见面、拍照。老师跟每一个学生单独照一张。因为人多，我排在后面。照了几个人以后，欧阳老师突然说：哪几位同志年纪比较大的，先来照吧！于是大家就把我推到前面先和欧阳老师照相。我乘机和老师寒暄了几句，知道他也是1928年生的，和我同龄。我说我是慕名而来，他谦虚了几句。他谈笑风生，我也不拘泥，两个人一下子就拉近了距离。

一次，我们在课间休息时，一位女老师匆匆地到课堂来找我，说是欧阳老师让她问我：你的名字李福钟的钟字是金字旁一个"童"字呢，还是一个"重"字？我说是"童"字，说完她就走了。因为简体字一律用"钟"字，重、童不分，而书法一般都用繁体字，即"鍾"或"鐘"要分清楚。欧阳老师为什么要弄清我是哪一个"钟"呢？莫非欧阳先生要给我写字吗？这是多大的好事！欧阳老师这么多学生怎么会知道我呢？大概是因为开学第一天我们照相时谈了几句话，他有了一个初步的印象，其后我又把我写的书托别的老师转送给他一本，他可能有了一点印象，也许为此想给我写几个字吧。这完全是我的猜测，实情不得而知。可其后就没有消息了，我也没有去问。我这个人不善于交际，人家不告诉我的事我不愿意再去探究，这件事也就过去了。后来一想，假如我找这个老师问一问，也可能得到几笔真迹呢，不禁有点遗憾。

老师对我书法的指点让我受益颇深。一位老师看了我写的字以后说，你的书法与王铎（清代著名书法家，擅长行、草书）的字有点相像，你可以多学习一点王铎的书法。为此我专门买了王铎的字帖，临了一段时间。但是我还是觉得王羲之的字好，飘逸潇洒。二王都工行、草，我向二王学习，但不拘一格，冀图逐渐形成我自己的风格。老师一句话，对我的指导意义却很大呀！

近年来，我参加了所住的一所大学教职工活动中心举办的书画班学习。每周一次，也有三四年了。这里的老师素养也是很高的，不仅讲解怎么写字，而且讲解书法的渊源、历代演变，如何掌握书法的要领，以及中西绘画的异同、特点等，提高了学员的学习兴趣。老师对我书法作业的评价只有一个字，就是"厚"，意思是还比较厚实吧；而且调的墨比较匀，既不浓，也不淡，因为浓了，一片漆黑，不很美观，淡了看不到字，效果不好。这些都给了我很大的启发。

别看书法仅仅是一门艺术，它也关系到一个人的品位呢！譬如说赵孟頫是一位大书法家，他的字确实写得很好。但就是因为他是宋朝赵家皇族的后裔，最后投降元朝，并做了元朝的大官，而被人不齿。《辞海》上"书法"一条，举了好几位古代书法家的名字，就是没有提到赵孟頫。我上书法课时，一提到赵孟頫，有一位老师就撇嘴，似乎是不屑一谈。看来做任何事，品位都是第一位的呀。

二十多年来，我学习书法，也参加了一些评选，得了一些奖，但这大多是商业性质，没有多大意义。我初学书法时兴趣很大，写了就裱，现在我书房里挂了好几张字，不是因为写得好，而是有一

些纪念意义。如写我夫妻二人关系的一幅行书："李门晋福钟鼓齐鸣，陈女独锺琇玉同晖"，把我夫妻两人的名字都嵌进去了。这些年来，我只参加过两次正式的书法展，一次是中国老年学会等单位主办，在军博展出的庆祝建国五十五周年全国老年书画摄影大奖赛优秀作品展览，其中有我的一幅行书："五十五年走过峥嵘岁月，万众一心迈步小康社会。"当时我很高兴，请我工作过的出版社的同志来照了好几张照片。另一次是北京紫竹院地区第八届民族文化节"中国梦·紫竹情"第二届百幅书画作品展，我得了三等奖。近年来我还亲笔书写了我出版的书名。

我这几年的主要精力放在写作上，书法反而荒废了，我想再过一段时间，不写书了，专注于书法，提高一点书法水平，但这只是一种想象，一个梦，能不能实现要看我的身体状况了。

直面人生

当两个人相遇的时候，总会说一声"您好"！

当两个人道别的时候，总会说一声"再见"！

当送一位朋友远行的时候，总会说一声"一路顺风"！

当你到达目的地时，总会有人说"欢迎"！

当你工作有成绩的时候，总会有人说你"能干"。

当你十分富有的时候，会有人说你"运气好"。

当你有作品发表的时候，会有人说你"有才华"。

当你得到了爱情的时候，会有人说你"幸福"。

当你合家团聚的时候，会有人说你享"天伦之乐"。

当你做了官的时候，会有人说你有"本事"。

当你获得冠军的时候，会有人说你是"英雄"。

······

然而当有人在称赞你、表扬你、祝贺你、羡慕你的同时，其实你已经不知不觉地老了。

你的容光不再那么焕发了，

你的身体不再那么硬朗了，

你的家庭不再那么圆满了，

你的意志不再那么坚定了，

你的心情不再那么快乐了，

你的信心不再那么充足了，

你离开尘世的时间越来越近了。

当你工作顺利的时候，要想到可能会碰到困难。

当你力争成功的时候，要想到可能会遭到失败。

当你受到称赞、奖励的时候，要想到可能有人在数落你的错误和缺陷。

当你富有的时候，要想到有一天可能变成一个穷光蛋。

当你致力于写作的时候，要想到有一天可能江郎才尽。

当你身体健康的时候，要想到可能患病。

当你觉得自己还年轻，精力充沛的时候，要想到你正迈入老年，可能会感到孤独。

当你觉得一切都很美满的时候，要想到你已经在走下坡路了。

不要惶惑，

不要难过，

不要颓丧，

不要懊恼，

不要顾虑，

不要犹豫，

不要恐惧，

不要悲伤，

不要气愤，

不要遗憾。

要乐观，

要坚定，

要宽容，

要满足，

要有信心，

要坚持到底，

随遇而安，

到达终点，

这就是直面人生。

二、寄情

老年人

　　大凡一个人老了，从工作岗位上退下来后，常常会有一种失落感。是呀！曾经相处多年的同志、朋友，朝夕相见，讨论工作，谈笑风生，一辈子就是这么过来的，现在一旦要分手了，以后相聚的时间就不多了，心中不觉怅然，这是很自然的。

　　然而这是人生的必经之路，年岁大了，精力不济了，体力也差了，年轻人上来了，年老的自然要让位，看那些年轻人生龙活虎地工作，你不服也不行。这就是新陈代谢，时代在前进嘛。想到这里，心里也就释然了。

　　那么，退下来后自己要做些什么呢？总不能老坐在那儿吃干饭吧！

　　要做和可以做的事情很多，首先就是要学会休息，懂得休息。这是一种抚慰老人心灵的休息。我工作一辈子了，辛苦一辈子了，俗话说：没有功劳也有苦劳。我上班时尽了职责，对国家和社会做出了贡献，现在休息心安理得，上班时忙得不可开交，想休息还休息不成呢！现在是国家规定你休息，不休息都不成。这样一想，就不会感到失落，而会安下心来休息，这样才能休息得踏实。

　　休息的方式方法也是多种多样的，任你选择。譬如说下棋，大多是下象棋或围棋。两个人面对面地坐着，摆开阵势，旁边围了一群人，本来是我们两个人对弈，旁观者指手画脚，眉飞色舞，叫你走这一步走那一步，弄得对弈的人下不了手，但在扰嚷叫喊声中显示出了一种乐趣。不是单纯地为了谁输谁赢，而是交到更多的朋友啦！

　　参加团体操、集体舞、歌唱队，和一些大爷大妈们在一起做操、跳舞、唱歌。别看这些人都已经上了岁数，但个个都做得很起劲，跳得很起劲，唱得很起劲，好像他们很快就要上舞台演出似的。这叫做自得其乐，人老心不老，一个新的生命，一种新的生活，正在向你招手。

　　上老年大学，学书法，学绘画。一踏进老年大学的教室，你就会被那些挂在墙上的琳琅满目的书法和绘画作品吸引住了。喔！画得真好！写得真好！其实他们也都还只画了不久，写了不久，却已经有了这么大的成绩，个个都是书法家、画家啦！这叫做内行看门道，外行看热闹，我先看热闹，以后再进门道。不是为了想当什么家，只是想陶冶自己的心情，提高自己的修养，让自己的思想境界更加开阔一点而已。

　　很多人写起了自传。啊！一辈子啦，我究竟干了些什么？我经历过许多事情，什么甜、酸、苦、辣，哪一种味道没有尝过？我是什么出身？是穷人家出身，还是富家子弟？是生长在农村，还是生长在城市？那时农村是什么样的，城市是什么样的？沧海桑田，有了些什么变化？我干过哪些农活，或者我根本没有干过农活？我上小学的时候是怎么样的？上中学的时候是怎么样的？上大学的时候

是怎么样的？那时候我们家吃什么？住在哪儿？父亲母亲是干什么的？兄弟姐妹几个？他们都是干什么的？我在哪里参加工作？我做的是什么工作？我立过功得过奖吗？我犯过错误犯过罪吗？我有几个好朋友，有几个坏朋友？他们教我做好事，或者叫我做坏事？碰到过什么有趣的事情，碰到过什么危险的事情？我对得起生我养我的父母吗？我对得起党和国家对我的培育吗？我是怎样教育我的孩子的？回忆不完呀，写不完呀，写着写着会使你回到你年轻的时代，像荧屏一样一幕一幕地展示在你的面前，你会快乐，你会生气，你会难过，你会留恋，你会大声唱起歌来，你也可能会低低地哭泣。啊，这个世界太美妙了，太奥妙了，太诱惑人了，太令人陶醉了。你的笔尖触摸到哪一块，就会使你有一种神秘感，不知不觉你的这本自传写完了。当你手里捧着一本刚出版的自传的书时，你会怎样地眉飞色舞，喜上心头？不是我想要渲染什么，而这是一种记录。历史是人民群众创造的，所以历史的创造也有我的一份。

做好事。有的人天然有一颗赤子之心，帮助人解决生活、工作、学习等方面的困难，以此为乐，以此为荣。不是我想要得到一个什么好名声，这是人类的一种共同的心声。

学电脑，上网络，广收博览，增加知识，开阔眼界，与时俱进呀！

学做菜。现在电视上餐厨大师和美食专家们教做菜的还真不少。不一定非得要鱼翅海参，白菜豆腐也能做出鲜美的菜肴来，而且营养高。我经常在家做一些好菜出来，供应全家美餐，这是我一个新贡献。

出去旅游，摄影。读万卷书，行万里路，写万行字，摄万张影，增万种识。纵览国内外名山大川，名胜古迹，大饱眼福，增长知识，让那个地方也留下我的足印。

看书、看报、看杂志、看小说。中国小说、外国小说、现代小说、古代小说，看不完的。开卷有益，它会使你心旷神怡，思虑悠远。

照顾家里的孩子们，特别是孙子辈，使你自己也回归到了孩童时代。

要做的和可以做的事很多很多，说不完，这要由你的身体条件和兴趣自己选择。但也有一些不适宜做的，像吸烟、酗酒、赌钱，等等，都对身体健康不利，不要去做。送了钱，遭来祸害，不值得呀！

特别要注意的是，退休以后要善于和家庭人员和睦相处。你退休了，子女们也都已成长了，他们也都有子女了。他们有自己的主见，有自己的事业，只要他们都好好地工作，他们的一些事，你就不要去过于操心了。要宽容大度，不要纠结，要听得进不同意见，不要为子女们一句话说得重了或说得轻了而生气，不要把自己的意见强加于人，己所不欲，勿施于人么！如果自己有一点财产，如房屋什么的，一定要合理分配，不能偏袒。许多家庭纠纷就是由于老人分配财产不公平造成的，当然孩子们也不要太过计较，只有相对公平，没有绝对公平，要鼓励孩子们走正路，不走歪路，多贡献，少索取，朝气蓬勃，全心全意地为人民服务。总之，老年人的心态应该是积极的、乐观的、正面的，而不是消沉的、悲观的、负面的。走的时候说一声我没有遗憾，这就是最大的幸福。

青春

　　时间对每一个人来说都是一样的，不论老少。然而感叹时间走得快的，似乎以老年人居多，一般年轻人对时间的概念似乎还不太深。

　　几个老人在医院的候诊室里闲聊："啊！时间过得真快，怎么一下子就老了呢?"似乎有一点惋惜。而这种感觉对年轻人来说并不明显，因为他们还不老，似乎有的是时间。有些年轻人对时间漠不关心，轻易地放走了许多时间。

　　然而时间总是这样一天一天，一点一滴，一分一秒地在每个人的间隙中溜过去，一去不复返了，真是来去匆匆。

　　世界上什么东西都能追回，就是时间不能追回；什么事情最可怕? 失去时间最可怕。时间从不停留，所以非常短暂，也最珍贵，尤其是年轻人。年轻时不珍惜时间，等到老了再去珍惜就已晚了。我的时间到哪里去了? 一个人如果能多想一点这个问题，也许就能多珍惜一点时间，到老年时少一点遗憾，不致认为白白地到这世界上来走了一趟。莫等闲，白了少年头，空悲切! 这话已经说了很多遍，但似乎总还嫌不够。

说起时间，说起年轻，总难免想起春天，想起青春。

春天带给人们的是什么呢？是一片生气勃勃、欣欣向荣的景象。哪一个人不想着勃勃生机呢？所以每一个人都喜欢春天。每一个人都有自己的春天，叫做青春。青春是人一生中最美好的时节。青春时期是一个人在智力上和体力上最活跃最健壮的时期，他有着最美好的理想，充满着活力，勇往直前，无所畏惧，这个时期往往是决定一个人命运的关键时刻。初生之犊不怕虎么。

然而大自然的春天，每年自然而然地会到来，而人的青春却不会自然而然地到来，它是需要人去争取的，而争取是要付出代价，花费精力，花费劳力的。精力、劳力花费得愈多，你的成就就愈大，你的青春就愈加光明灿烂，丰富饱满；而如果你不努力，不肯花费你的精力和劳力，你将一无所获，怎么会有灿烂的春天、和煦的阳光呢？

孔子说："三十而立。"又说："四十、五十而无闻焉，斯亦不足畏也已。"所以，每个人都要抓住青春，珍惜青春，热爱春天。

亲情

现代社会家庭结构有了很大的改变，就是由大家族、大家庭，变为小家庭、小世界。过去，父母养育子女成长，不仅要操办孩子们的上学、婚事，而且要操办婚后的许多事，如帮忙看管孙子、外孙，等等。子女有赡养父母的义务和责任，还要养老送终，如果子女不赡养父母，会被认为不孝，违反了道德，甚至违反了法律规定。

但是西方国家并非如此，或者非完全如此。父母抚养孩子到 18 岁成年了，孩子们以后的事，父母可以管，也可以不管。孩子上大学，父母可以负担，也可以不负担，孩子可以通过打工来交学费、谋生活。孩子本来和父母一起生活，但一结婚就搬出去了，组成小家庭，孩子和父母就形成了两个家庭，兄弟姊妹也都自立门户，孩子长大了还要依靠父母被认为是可耻的。父母老了大多数是进养老院，依靠社会保险金维持生活，子女有时候到父母家里或养老院探望一下，就像探望亲戚朋友一般。子女和父母、兄弟、姊妹，既是亲人，更是朋友。这样的关系，所谓"亲情"，自然就减少了，每一个人都是一个独立的个体，有独立的人格和生活准则，谁也不依靠谁。

当然，西方国家也有大家族，例如肯尼迪家族、布什家族、洛克菲勒家族，等等。但这一般都是指的大官僚、大富翁的家庭而言，在政治上、财富上互相依靠，形成一种势力，甚至可以左右或者影响全国的政局，所以还是比较少的，并不是普遍现象。

中国的习俗，子女结婚以后，对双方的父母都叫爸爸、妈妈，但西方则不然，有的可能就称先生、夫人，有的称岳父、岳母、老先生、老太太。其实中国的这种叫法也是很可笑的，明明不是我的爸爸、妈妈，却要叫爸爸、妈妈，口头上是叫了，实际上并不认可。这从亲情上看似乎热络一点，实际并无多大真情实意。

子女结婚后不与父母共同生活，而独自组织小家庭，独立、自主、自由，摆脱依赖关系，这未始不是一件好事。但是，独立尽管独立，自主尽管自主，自由尽管自由，亲人关系这一层不能变。如果子女结婚成家了，跟父母只是朋友关系，没有亲人关系了，对子女来说可能无所谓，而对父母来说可能难以接受，因为终究孩子们是父母从小带大的，有着长期共同生活的经历，亲情难以割舍呀，中国人的这种传统观念是很深的。中国的词典词条上，在"父""母"之后都加上一个"亲"字，即"父亲""母亲"，就是表示一种亲切、亲近、亲情的意思吧！所以说子女长大了，离开父母独立成家，但不应忘掉亲情，不能只把父母当作朋友看待，要把父母当作亲人看待，才能维护和保持一种亲切的家庭关系。否则词汇中父亲、母亲这两个词条也要改写了，只称"父""母"即可，不用再加上一个"亲"字了。

满腔热情好服务

与人们日常生活关系十分密切，而为大家所关心的一个问题，就是提高服务质量，改进服务态度。这里我举几个我直接接触到的例子，她们的热情服务使我触动很大。

第一个例子是我写的书，是手写稿，需要打印后才能送出版社，而马路上一些挂着打印、复印等牌子的商店，有不少只复印，不打字。因为打一本几十万字的书稿费力多，又赚不了多少钱，所以一般都不愿意接受打字。一些打印员宁愿趴在电脑前看录像，也不愿意去打字。其实这样做于己不利，于人不便，实际就是一个服务态度和服务质量问题。但是，在一个偶然情况下，我到一所大学的文印室去问了一下，她们很热情地接待了我，表示愿意打印。尤其可贵的是她们看我年纪大了，腿脚行动不便，表示可以把校样送到我家里去，这使我大出所料，喜出望外。就这样，她们把一本二三十万字的书稿，打完后送到我家，接连校对了三四次，一直到定稿，复印、做光盘、装订成册，一本书稿她们来回跑了不下十来次（文印室离我家大概一站多地远），使我感到异常温暖。虽然我和她们结识的时间不长，却建立了深厚的友谊。其后我又陆续请她们打印了好几本书稿。如果没有她们帮忙打印，我的这几本书不一定能出版，因为出版社一般不接受手写稿。这个文印室的同志虽然不一定能理解到这是一种服务性改革，但她们以实际行动体现了这种改革。

第二个例子。一次，我到一家区级图书馆借书，进门问了一下，某类图书在哪个地方。一位年轻的女工作人员说在那里，并且立即站起来把我带到那里。我所要借的那本书在最高一层，我够不着，她就踩到一个梯子上拿了下来。但我一看这本书里没有我要的文章。她问清了我要看的文章后说她的手机上有，立刻把她的手机给了我，叫我到中间一个厅里坐着看。稍后她又换了一个手机过来说：这个手机的字大一点，看起来清楚一点，你就使用这个手机吧！我坐在桌子旁如愿以偿地摘录了我想要的那段文字，高高兴兴地离开了。我连她的姓名都没有问，但我的那种感谢和感激的心情发自肺腑。这种服务态度，说实话，近些年来我遇到的也真不多。

写到这里，不禁使我想起二三十年前的一次经历。那次我因公去美国，一天在纽约，走进了一家很大的商场，却不料我的皮鞋坏了，不能走路。我想这下可糟了，到哪儿去修呀？不行的话，就在这里买一双吧！我作了这样的打算。正走着，我顺便问了一位服务员，向他说明了情况。那位服务员说：你脱下鞋让我看看。他看了我的鞋后说：噢，是鞋跟坏了，我可以给你修。随即叫我跟他去了一间小屋，叮叮当当几下子就把鞋跟钉好了，只收了极少量的钱。我在商场里面走，一边想：啊！这么大的商场也做这么小的生意呀！真让人有点不可思议。我把这个商场的服务作风从纽约带回了北京。我不断地在想，我们国家这么大的商场也做这么小的生意吗？我不敢说没有，但恐怕即使有，也不是很多吧！

　　我所举的这几件事，非常平常、非常细小，但非常直接，一般老百姓都能从中看到服务质量的提高和服务态度的转变，这都是实实在在的事。提高服务质量，真的是关系到国计民生的一件大事，应该使之成为我国国民经济中服务意识的一种新常态。若我们国家服务人员的素养都能提高到这个水平，我们国家的整体水平也就可以提高一大步。

人之将死，其言也善
死过之人，其行也美

　　向灿烂当年 40 岁，因多罪并罚，被人民法院依法判处无期徒刑，剥夺政治权利终身。

　　县中级人民法院在公开审判并宣读犯人的罪行时指出：向灿烂性格凶暴残忍，多次毒打父亲，致使父亲常年积怨，郁郁而死。他对卧病的母亲不顾不管，嫌弃母亲，希望她早死，甚至用棍棒殴打母亲，使母亲一眼致残，几根肋骨断裂，由他的弟妹们送医院急救，他也因此被报警批捕。他 32 岁还没有结婚，多次强奸邻家一位 26 岁的未婚姑娘，致那个姑娘得了抑郁症，多种疾病染身，无法正常生活。他渴望发财，多次抢劫、勒索，并且酗酒、赌博、吸毒，可以说是五毒俱全了。

　　在公开审讯的法庭上，所有到会的人都义愤填膺，千夫所指，流露出了"时日曷丧，予及汝偕亡"的共同心慨。被他伤害的老母亲从医院里被担架抬着赶到法庭上听审，当法官宣读完向灿烂的罪状，等待宣判书的片刻，老母亲忽然颤颤巍巍地站起来，高呼："救救我的儿子，让他活着！"法庭上一片骚动，"啊！老人家呀，你的

儿子残忍至此，你几乎要死在他手里，你还要让他活呀？"有的说这是母爱，有的说这个老妇人不明事理，但是这个情境毕竟出现了。

向灿烂在倾听法官宣判无期徒刑时，面无表情，呆若木鸡，又似乎在想什么。法官问他还有什么要说的，他摇摇头。他回过头来，看了看四周人的愤怒目光，又看了看他带着伤残的老母亲，然后回过身，低下了头，眼眶里似乎充满了泪水。

在监牢里，向灿烂终日低头不语，心情似乎非常颓丧。他在想什么？谁也不知道。他昏昏沉沉、迷迷糊糊地睡着了。他似乎觉得法院判处他的不是无期徒刑，而是死刑，立即执行。刑场上一颗子弹射过来，打穿了他的脑袋，他已经死了。但是他的躯体死了，他的脑袋似乎还没有死，或者还没有完全死。他晃晃悠悠地似乎刚从娘肚子里生出来，正是一个阳光灿烂的日子，爷爷满怀喜悦地捋着不长的胡子喊了起来，脱口给他起了个名，就叫灿烂吧。父母亲当然同意，全家浸润在欢乐的气氛中。

小灿烂一天一天长大了，这孩子特别顽皮，骑在他爷爷的背上，叫爷爷在地上爬，爷爷真的驮着孩子在地上爬了几步。突然小灿烂的一个小拳猛一下击到了爷爷的后脑勺，爷爷一阵疼痛，顿时趴在地上不动了，小灿烂见状哈哈大笑，竟然毫无怜惜之感。老爷爷似乎不太喜欢这个孩子了，觉得这孩子怎么这样不知轻重，竟然打起爷爷来；但一转念又觉得他是个孩子么！他还不懂，将来会好的，也就慢慢地平息了。但是后来他发觉小灿烂不爱学习，上课经常逃学，老师经常来家访反映这些事情。而且小灿烂还偷东西，偷了家里的钱去买糖吃。慢慢地老爷爷似乎觉得这个孩子不如他想象中或者希望的那么好，心情不愉快，不久就死了。此后，小灿烂的坏习惯非但没有改正，反而变本加厉，父母亲软的硬的说给他听都没有用，以至于发展到了打父伤母的程度，终致因抢劫、勒索等数罪并罚而身陷囹圄。

他在监狱里的时间越久，越觉得有些事情想不通。为什么监狱里有管人的人，而我们这些犯人要受他的管？不都是一样的人吗？为什么有的人当法官，有的人要被审判？他翻来覆去地想："难道都是人家的错，就没有我的错？难道世界上的人都像我这样，把世界上的人都杀了，我还能活吗？我不同样也要死吗？我过去一根死脑筋行不通。"他似乎有些责怪起自己来："谁叫你这样子的？我自小不爱读书，现在在监牢里没事，不如让家里人拿几本书来看看。"

向灿烂在睡梦中思想游离了几乎两个钟头，突然听见有人叫他，高呼着："他醒了，他醒了！"他这才揉了揉眼睛挣扎着坐起来。"怎么？我还活着？我不是已经死了吗？"他先是一愣，又是喜出望外，摸着自己的脑袋，说了声："还在呀！头还在呀！"旁边的人莫名其妙，他自己也莫名其妙。"我这是死里逃生，死而复活啊！""上帝还不叫我去，剩下的时间我该怎么办呀？"他一时觉得手足无措，不知如何才好。

一天，他的弟弟来探监，他突然提出要弟弟带给他几本书。"要什么书呢？"弟弟问。他说："你爱看什么书就拿什么书吧！"他想看什么书其实他自己也茫然无知，只是似乎想从书本上找到些什么。

弟弟深深地感觉到他哥哥残酷无情的本性，因而似乎是有针对性地选择了几本关于人性、伦理道德方面的书，在下一次探监时带给了他。弟弟交给他这几本书时，向他郑重地说：这几本书都是教你怎么做人的。

向灿烂粗翻了一下书名。啊！一本是毛主席的《为人民服务》，一本是毛主席的《纪念白求恩》，一本是刘少奇的《论共产党的修

养》，还有古代的《论语》，国外的《佛理》《圣经》等。老天！这几本书他过去连听也没有听到过，现在叫他来读，能看得懂吗？好在这几本书除原文之外，都有注释、解读，并不难理解，于是他就欣然地接受了。他拿到这几本书后马上就翻开看了，想不到他竟然一页一页地看了下去，越看越觉得书中说的话似乎就是针对着他的，越看越不舍得放下，以至到了中午，送饭来了，他都没有取，晚上大家都睡了，他还捧着一本书在看，真是如饥似渴，如醉如痴，废寝忘食，入了迷。这个情景，不仅同牢里的狱友看了发呆，就是一些监狱的管理人员也感到奇怪。一天早上八九点钟了，向灿烂还不起来，大家叫他也不醒。啊！老向是不是病了？死了吗？一天，两天，过去了，向灿烂还是昏睡。怎么回事呀？

原来向灿烂看书入了神，他睡着了，似乎又没有睡着；好像是在做梦，又好像不是做梦；好像是死了，又好像没有死。他又梦游了。

他似乎觉得他快要死了。在将死未死之前，他从牢房小小的窗口看出去，今天似乎是一片光亮的大晴天。他似乎听到街上车马的行走声，人们都在赶路上班哪！又听到路人的说话声，一个问："星期天到哪儿去玩？"一个说："去香山吧！看红叶，满山遍野的红叶，真是好看！"向灿烂突然感到一震："嗳！他们还到香山去玩，而我在这里等死！为什么？"是呀？为什么？他一想："你问谁呀？就问问你自己吧！你干了那么多伤天害理的事，伤害了那多人，你还想玩哪？你不想让人家玩，你自己也就没有得玩了！"向灿烂断断续续地想了许多，不觉有点害怕起来。唉！自己短短的30多年，就这样结束自己的生命，有啥意思，活着也等于是死！

他忽然想起毛主席在书上说的话，人死有的重于泰山，有的轻于鸿毛，自己一个堂堂八尺男子在监牢里等死，算是什么死？一钱不值呀！白求恩一个外国人，本国的好日子不过，到中国来替伤病员看病，高尚呀！他脑海里居然冒出了"高尚"两个字。他又想到《论语》上说的"仁者爱人"，《圣经》上说的"爱人如己"，等等。他想了很久，觉得他确实从来没有爱过人，而他的父亲母亲却真是爱他的。我这样凶狠残暴，父亲就是被我活活气死的，老母亲在医院里，还抱病到法庭上来听审，还大呼法官"救救我的孩子，让他活着！"想着想着，不自觉地回忆起自己从小是在爷爷、父母亲的关爱下长大的，没有他们的爱，自己活不到今天。即使我这样残酷地对待他们，他们还希望我活下去，还是这样地爱我，我这样做，还算是个人吗？对得起他们吗？想到这里他不禁泪流满面，连声呼喊：爸爸、妈妈，我爱你们！

向灿烂又忽然想到自己那个时候 32 岁了，还没有结婚，隔壁那家姑娘 26 岁，也是单身，嫁给我多好，可她就是不肯，弄得我神魂颠倒，欲罢不能，以至于搞起强奸来。他忽一想：不对呀！你这样想，还是人家的不对，不是你的不对。他继续想：人家一个好好的姑娘，谁愿意嫁给一个不务正业，吊儿郎当的人呀！你这样的人只能一辈子打光棍，没有人愿意嫁给你。向灿烂的神经紧一阵，松一阵。"是我侵犯了你，我对不起你。"他似乎又是一阵歉疚。

他又想到《论语》上说的"君子爱财，取之有道"。觉得自己一心想发财，以至于抢劫、勒索，使人受到伤害，成天的酗酒赌博，甚至吸毒。"这哪是过日子，是混日子呀！混一天是一天，到哪一天是个头？好，进了监牢，算是个头了！真是活该！"

向灿烂不断地想着，先前干的一些事，真是昏了头，为什么不早一点看看那些书，或许能早一天懂一点事，等到出了事再来看这些书，晚了。

忽然他的身体似乎有一点摇晃，眼睛有一点微微掀动，只听得周围的人说了一句："啊！他醒了！"于是大家就把他扶起来，两天没有吃饭了，赶紧弄了点面条给他吃，他竟然狼吞虎咽地灌了两大碗。他觉得自己只过了大半天的工夫，怎么他们说已经两天了呢？大凡是人逢喜事精神爽，他在睡梦中有些事情想通了，也就心气平和了，不再纠结了。

他醒后的第一件事就是向领导提出要回家看一下老母亲。领导看他还是真心想看一下老母亲，这是情理之中的事，就特准了。他一回家，看见老母亲还躺在床上养病。他一见到母亲，就一下跪倒在地，说声："老妈呀！儿子爱你！我对不起你！请你原谅！"母亲一听见儿子这几句话，顿时老泪纵横，她一辈子从来也没有听到过儿子讲过这样的话，她流的不是痛苦的泪，而是快乐的泪。"啊！我的儿子悔悟了，改好了，他还是我的好孩子！"他继续说："妈，你好好养病，我有朝一日出来，一定好好侍候你！"老人含笑地点着头，这老人家心中是怀着多么大的期望呀！

从母亲家里出来，他到了隔壁邻居家里去探望那位姑娘。那位姑娘一听说他要来，就想躲避，但是还没有走开，向灿烂就已经到了她跟前，他又禁不住地一下跪了下来，连声说："对不起，对不起，是我侵犯了你，是我的错，我向你道歉，请你原谅我！"那个姑娘一下子也愣了：眼前的这个人就是曾经侵犯过我的人吗？怎么他现在来向我道歉？一时还不大敢相信，但也觉得可能是真的，心情也就缓和了下来。向灿烂说："我现在是有罪之身正在监牢里服刑，我发誓，我爱你，只要我有朝一日能出狱，我一定娶你，我一定好好做人。"还没有等姑娘开口，他一骨碌就爬起来，泪汪汪地走出了门。

他又到几个曾经受到他抢劫、勒索过的人家里去赔礼道歉。他在走过那个赌场、酒馆时说了一句："谢谢你们教训了我，如果我出来，一辈子也不会再到你们那儿去了！"说罢他满怀信心地回到监狱，他似乎觉得自己做了一件应该做的事，说了应该说的话。监狱管理人员见此情状，禁不住说了一句："啊！真是人之将死，其言也善呀！"

由于向灿烂在监狱里服刑态度端正，工作积极，事事带头，又读书学习，办起了墙报什么的，宣传正能量，反对歪风邪气，受到监狱管理人员的一致好评，由无期徒刑改判为十五年徒刑，后来又改判为十年徒刑，不多久期满就释放了。

释放后的向灿烂时时想到要履行他先前的诺言，他回家后善待母亲，侍养母亲，使母亲安度晚年，在精神上得到许多安慰。他又到邻居家去，那位姑娘依然独身，由于他的真诚悔改，两个人也就言归于好，终于结了婚。向灿烂不久找到了一份工作，他在岗位上勤勤恳恳努力工作，做了许多好事，工作效率高，并且不畏艰险，能帮助人，特别是一次他在路边上看到一群小孩打架，就上去劝架，身上还挨了几拳。一次他在河边看见一个小孩不慎落水，他毫不犹豫就跳下河去，努力把这个孩子抢救了上来，自己也因此受了伤。他还节衣缩食，把多余的工资捐献给一些贫困的学生。为此他受到了当地政府的表彰，当地的人们说："向灿烂变啦！"现在的向灿烂可不是过去那个向灿烂啦，完全换了一个人哪！

向灿烂说："我已经是死过一回的人了。我死都能付出，还有什么不能付出的？现在该由我来付出啦！这个世界把我从鬼变成了人，我一生中从来没有像现在这样快乐过！"他在一次表彰大会上说了这

一席话。

　　啊！人难道真是要死而复活以后才能有这样美好的行为吗？一位领导发出了这样的慨叹声！

我本善良

三、评析

猫鼠同笼

　　冤有头，债有主，凡事总有一个起因和源头。那么猫一见了老鼠就要抓它、吃它，这究竟有些什么缘由呢？小时候听我母亲讲故事，似乎解开了这个疙瘩。

　　一次，母亲跟我讲故事。她问我：你知道在 12 生肖中，为什么有老鼠而没有猫吗？我说我不知道。母亲说：我告诉你吧！这是因为老鼠贪婪，不老实，把猫给排挤出去了，因此猫恨它。

　　那究竟是怎么回事呢？

　　母亲说：那次参与 12 个生肖的竞争者在一起开会，要在 13 种动物中选出 12 位。已经选出了 11 位，剩下要在老鼠和猫中选一位。这时老鼠着急了，它就哄骗猫说：好像听见外面有小猫的叫声，恐怕是你的儿女们等你喂奶啦！猫信以为真，就急匆匆地到外面去寻找小猫，结果自然是什么也没有找到，才知道是上了老鼠的当。当猫回到屋里时，选举已经结束。老鼠凭它的狡诈当选了，而猫则落选了。为此，猫对老鼠恨之入骨：我选不上不要紧，但你不能骗我呀！你用欺诈贪婪的手段赢得了这 12 生肖的一席之地，不光彩呀！

从此它和老鼠成了死对头，一见了老鼠就必欲除之而后快。

这当然是一种传说，寓言故事，不足为凭，然而老鼠的恶名却由此而传开。是的，老鼠秉性狡诈，贪吃懒做，白天躲起来，晚上夜深人静了，就出来偷东西，无孔不入，无洞不钻，而且散布细菌，传播鼠疫，使人的生命安全受到威胁，不仅猫恨它，人也非常讨厌它。久而久之，猫鼠不能两立已为人所共知，没有人去理会这件事了。

可是，事情有时候总会出现一种逆转，发生一种令人意想不到的情况。我国解放初期，北京动物园里搞了一次猫鼠同笼的展览，据说是从苏联过来的。大家就都跑到动物园去看这个展览。可不是吗？猫和老鼠在同一个笼子里，各自占了一个地盘，互不侵犯。但人们总觉得老鼠有点战战兢兢的，而猫则落落大方，熟视无睹地躺在地上休息。可这个展览没过多久就被取消了，为什么呢？没有正式的公告。有人说，这个老鼠被猫吃掉了，无法再展览了。那为什么前几天猫不吃老鼠，而后来又吃了呢？有人说，因为前几天猫已被饲养员喂得饱饱的，它就不想吃东西了，再吃要撑了，要吃坏肚子的，所以即使你摆着老鼠这样的美味佳肴，猫也没有食欲了，放了老鼠一马。等到有一天，猫饿了，看见老鼠在旁边就抓而食之，猫不吃老鼠的神话也就宣告破灭。

看来凡事不能强求。猫吃老鼠这本来是猫的一种天性，猫吃老鼠合乎自然规律，是正常的，猫不吃老鼠倒不合乎自然规律，是不正常的。人为什么要强制猫鼠去做不符合自然规律的事，把正常变成不正常呢？要么是好事者的一种善意的遐想，要么是对善良人的一种嘲笑。

老鼠性贪、狡诈，人们通常把贪官污吏比作老鼠，古书上有不少这方面的记载。例如《诗经》上有一首题为《硕鼠》的诗，《毛诗序》说："硕鼠，刺重敛也。国人刺其君重敛，蚕食于民，不修其政，贪而畏人，若大鼠也。"硕鼠就是大老鼠，人们把贪婪成性的大老鼠比喻成鱼肉百姓的国王，说他重利剥削，不顾人民死活，不修政治，因而害怕人民，像一只大老鼠一样。

无独有偶，古书上也有猫鼠同笼的记载。《新唐书·五行志》里有一段文字这样说："龙朔元年十一月，洛州猫鼠同处。鼠隐伏，象盗窃；猫职捕啮，而反与鼠同，象司盗者废职容奸。"并不是真的猫和老鼠关在同一个笼子里，而是说猫不司其职，和老鼠一样贪婪，讽刺一些官员贪污成性，上官和下官一样贪财，大官大贪，小官小贪，同流合污，危害人民。可见当时官僚贪污之风多么盛行，人民对此恨之入骨呀！所以当今中央大抓贪污腐化，对贪官曝之以光，绳之以法，是完全符合古道人心的，受到群众的一致拥护。

鸵鸟的头

鸵鸟产生于非洲和阿拉伯沙漠地带，是世界现存最大的鸟。大概是由于身体偏于庞大沉重，而两翼退化，所以虽然是鸟，却飞不起来，有鸟之名而无其实。鸵鸟在被追赶无法逃脱时就将头钻进沙漠里，以为自己什么也看不见，别人也一定什么都看不见，这样就可以防卫外来的侵害，保护自身的安全。人们把一个国家采取这样的政策叫做鸵鸟政策。

世界上所有的动物，包括人类，都有一种防卫敌人、保护自己的天性或本能。螳螂躲在绿色的树叶上，以树叶遮挡自己的身体，保护自己。乌贼鱼在碰到危险时放出一阵浑水来迷惑对方，使别的动物看不清楚，自己乘机逃之夭夭。军队在行军时往往在头上顶些树叶树枝，身上穿着绿色的军装来作掩护。所有这些办法都确实能起到一点作用，唯有鸵鸟把头钻进沙漠里没有用，因为它的头虽然掩蔽了，但身体却仍暴露在外，人家一看便知，照样可以袭击你。人们把鸵鸟的这种做法叫做自作聪明，实际于事无补。

鸟类中有自作聪明的鸵鸟，人类中也有自作聪明的人，两相对照，何其相似乃尔。

看看自作聪明的人和鸵鸟究竟有哪些相似之处。

一是想当然，自以为是。鸵鸟认为，只要把自己的头钻进沙漠里，就万无一失，能够保平安了，它不知道自己的身体还在外面，裸露无遗，并不能保安全，这完全是一种想当然，自以为是。自作聪明的人何尝不是如此呢！这种人以自我为中心，我认为是这样的，世界就是这样的；我认为不是这样的，世界就不是这样的。因此他认为自己所做的一切都是对的，正确的，自己从来没有做错过，从来不认错。正确在自己方面，错误在别人方面。然而事实上这是不可能的。任何人都不能说自己一贯正确，没有做过一件错事。你越想隐蔽，却越暴露，结果自然就像鸵鸟一样，保全不了自己。

二是自高自大，目空一切。鸵鸟认为自己是世界上最大的鸟，还有比我再大的鸟吗？没有了，所以我是世界第一。然而它忘了，世界上除了鸟以外，还有许许多多别的动物，这些动物比你还大，比你还强，你是敌不过它们的。自高自大的人也是这样，我聪明，我能干，我怕谁？不知道世界上聪明能干的人有的是，世界上的人只有比较聪明能干，还有比你更聪明更能干的呢！所谓山外有山，天外有天，人外有人呀！没有最聪明、最能干，聪明能干是相对的，不是绝对的。你聪明能干，如果世界上只有你一个人，你可以说你是世界上最聪明的人，无奈不是，全世界现有 70 多亿人，谁能说老子是世界第一？没有一个人能这样说，而只有自高自大的人敢这样说，于是他被人们把他从自制的神龛上拉了下来。

三是自作聪明，自我欣赏，唯我独尊。鸵鸟虽然不能飞，却善于行走。鸵鸟善于奔跑，时速可达 80 千米，常和斑马、羚羊、长颈鹿等集群活动，因此它的自我感觉良好。你看，我有那么多的好朋

友，他们的头都不能钻进沙漠，而只有我能。因而它自我欣赏，唯我独尊。但不知道其实它也只是许多沙漠动物中的一种，每一种动物都有自己的特征和独特的功能，跟同类必须和平相处，不能骄傲自满，唯我独尊，为所欲为。人不也一样吗？那些自作聪明的人总觉得自己比别人高一等：你们只不过是一个普通人，而我是一个聪明人，我比你们高一等。其实哪一个人不是普通人呢？你也是一个普通人呀！自作聪明的人恰恰证明了他不聪明，因为他不懂得还有人比他更聪明，他摔了跤还不知是怎么摔的呢！

四是观念陈旧，因循保守。鸵鸟用把头钻进沙漠的办法保护自己无效，但它从来不晓得改变，千百年以前是这样，现在还是这样，它认为历来如此，无法改变；因此以前它是怎么被人逮住的，现在还是这样被人逮住，以前是怎么死的，现在还是怎么死。人呢？一些自作聪明的人，以前用什么办法占了人家的便宜，现在仍旧用什么办法占人家的便宜，不知道人家吃亏上当只有一次，你故伎重演不灵啦，因此终于也占不到什么便宜了。久而久之，这些人变成孤家寡人，没有人理他。他愁肠寸断，渐渐地得了抑郁症。

鸵鸟的上述种种特点，被聪明人看作理所当然，亦步亦趋。领导人按照这种办法制订政策，就叫做鸵鸟政策。这是一种不敢正视现实、自欺欺人的政策。

然而鸵鸟总归是鸵鸟，人总归是人，鸵鸟是不知道改变自己习性的，而人为万物之灵，应该是可以改变自己习性的。自作聪明的人如果改变为自作不聪明，他远比自作聪明的人聪明得多，就看你愿意不愿意自作不聪明罢了。

指鹿为马

历史上相传有一个指鹿为马的故事，脍炙人口。

这个故事说的是秦二世时赵高飞扬跋扈，不可一世的事。一次，他令人牵着一只鹿到堂上来，说是向秦二世献上一匹马。秦二世说：这是鹿，不是马呀！赵高说：这就是马，不是鹿。他叫在场的众大臣辨认，大部分大臣迫于赵高的威权，都随声说这是马。因为不这样说他们就要死于非命呀！这样一个骄纵蛮横、目无纲纪、颠倒黑白、混淆是非的事发生在朝廷上，可见当时的天下乱成了什么样子。

赵高之所以能够做出指鹿为马的事，是由于他手中有权造成的。所谓权，就是指的权力和权势，而做了官就有权有势。赵高那时做秦二世的丞相，权倾朝野，谁敢不听他的，连秦二世也奈何他不得。要是他不做丞相，他哪来那么大的权力，也就不会有指鹿为马的事了。正因为做官有这么大的权，而有了权才能有这么大的威风，所以许多人都争相为官，争权夺利的事层出不穷，从来没有停止过。甚至弄得互相残杀，骨肉分离，惨不忍睹，危害社稷。

其实做官并不是什么坏事。"官"是一项管理工作，哪个国家不

需要管理呢？不管理不是乱了套了吗？所以官是必不可少的。不管你叫官也好，叫勤务员也好，叫服务员也好，名称不同，但他所要做的事是一样的。只是有些人把做官作为自己争名夺利的工具，而有些人则是真正想替人民做一点好事。历史上秉公办事、清正廉洁的官也是有的，而且不少，像包拯、海瑞等，留下了美名，人民对他们也是敬爱的。而像赵高那样的残暴昏官，他能妄为一时，总不能妄为一世呀！最后还不是被他所立的秦王子婴给诛掉了，在历史上留下了一个恶名。像这类事历史上实在太多了，举不胜举，所谓指鹿为马只是其中的一小件事，因为他做得实在太离谱了，所以广为传播。

当前我们国家的主要领导人狠抓吏治，除了严厉惩治贪官污吏之外，还特别强调了当官之道，提出了许多措施和要求，要求下属忠于职守，严以律己。不知道一些下属官员对此有何想法。我想绝大部分应该是认同的。可能也有一些人认为当官的历来如此，迎来送往，呼朋唤友，声色并举，觥筹交错，难以避免，已成惯例。有人甚至认为对下属过于严厉了，不好办事了，不好办事就不办，等着瞧，于是就出现了所谓"不作为"的现象，不好办事不办不行吗？中央多次批评了这种现象。

时代不同了，做官之道也不同了，现在不能再像过去那样认为做官是一种晋升之阶、发财之道。过去做官有权有势，自然有人来奉承你、吹捧你，现在网络时代、信息时代，千万只眼睛盯着你，不仅看你做了什么，不做什么，你的一举一动，一笑一颦也都看在他们眼里，稍有不慎就会有人举报你。所以有人认为现在做官比以前难做了。对了，现在做官确实比以前难做了，你摆权势，摆架子，摆老资格，搞关系，这一套不灵了，人们看重的是你究竟为老百姓做了多少实事。这是一种极其重大的改变。树立正确的官风，打击歪风邪气，这不是一时一事的改变，而是对历史上几千年歪风邪气的大扫荡和对历代官风的重大改革，它的重要意义怎么评价也不为过。做官者亲历其境，老百姓身逢其时呀！

不要觉得官难做就不想做官了，为人民服务本来就不是一件轻而易举的事情。为什么叫你去当官，不叫他去当官，因为你有那种能耐和气质呀！不是人人都能当官的，当官的人必须有高才质，能为群众出谋划策，做好事的。

当然，要彻底改变历来的不良官风，不是一件轻而易举的事，但是既然已经有了开始，就要继续不断地贯彻下去，凡是人民群众拥护的事，要坚决地做下去，排除万难去争取胜利。

但愿今后再也见不到像赵高那种指鹿为马的倒行逆施的事，当官的真正和老百姓心连心，做老百姓想要做的事情，从赵高的反面教材中吸取教训，还官民以正常的状态，则幸甚，也算是人们普遍的一个梦吧！

三、评析

盗跖逻辑

古时候有一位江洋大盗，人称盗跖。这个人横行霸道，偷盗抢劫，杀人放火，无恶不作，有徒众九千人，连国君都奈何他不得，老百姓叫苦连天。

孔子听说了这件事，心想这个人大逆不道，以我这样的辩才去劝诫他，或许能使他有所收敛。为了能见到盗跖，孔子也不得不说一些违心之言。他到了盗跖家门口向传话的人说：闻将军高义，特来拜谒。孔子这自然是说的假话，盗跖"高义"吗？显然不是。既然不是，怎么还称他"高义"，还特地来拜谒呢？可见孔子也并不是那么单纯，见什么人说什么话呀！

但是孔子开头这一遭并没有起到什么作用。盗跖听门人说孔子要来见他就勃然大怒，说：这不是鲁国的巧伪人孔丘吗？这个人不耕而食，不织而衣，摇唇鼓舌，擅生是非，叫他快走，不然，我就宰了他。孔子的礼貌求见，却换得了盗跖的一顿臭骂。但既来之，则安之，既然来了，就不能退回去了，于是厚着脸皮，再次求见，盗跖说：好，让他进来吧！

孔子一见到盗跖，就对他大肆吹捧，说盗跖，身高马大，面目有光，声若洪钟，一表人才，若是在朝廷上做官，一定会名扬四海，威震华夏，比在这里当一个盗跖强多了。

盗跖听了这话怒不可遏。斥道：像你这样以利规劝者，都是一些愚民之道。当面称誉人家的，也会在背后毁辱人家。你想用愚民的办法来困死我呀？办不到。尧舜有天下，他们的子孙无立锥之地，汤武贵为天子，而后世灭绝，不就是因为他们的利益太大了吗？

不等孔子开口，盗跖就接着说下去，他针对孔子前来故作殷勤、言不由衷、想要迷惑自己的圈套，直言不讳地说：要说盗，你才是天下最大的盗，人家不称你为盗丘，而称我为盗跖，这不公平呀！

盗跖接着指责孔子的门人子路在孔子的教导下，不得好死，孔子自己也东藏西躲，不能容身，说：你连自己都不知道该怎么做，还想来劝我呀！

孔子想：你说的是，我的处境也确实不妙，似乎比你好不了多少，你倒是自由自在而我则捉襟见肘，动辄见拒，难道我还真的不如你？一时有点语塞。

盗跖接着举了那些被世人称颂的所谓三皇五帝，说在他们的统治下，哪一个不是连绵战争，血流成河，人民遭殃？像伯夷、叔齐那样，好人饿死；龙逢、比干，忠臣被戮。这样的事还少吗？

盗跖说的句句是实话，孔子也无法为之巧辩。盗跖接着说：你说什么非礼勿视、非礼勿听、非礼勿言、非礼勿动，完全是一派胡言，眼睛长了是要看的，耳朵长了是要听的，嘴巴长了是要吃的，气管长了是要出气的。一个人高寿100岁，中寿80岁，下寿60岁，都要死的，能有几天开口笑？生命短促，有如白驹过隙，你为什么不好好享用这有限的生命，而去做那些狡诈虚伪的事情！

　　盗跖的一顿抢白，说得孔子无地自容，不能自圆其说，只得夺门而出，落荒而逃，孔子的这次说辞以彻底失败告终。

　　上面说的可能是一则寓言故事，不一定真有其事，但《庄子》这本书上有这个记载，姑且听之，信不信由你。不过盗跖说的这些倒是大实话，并非虚言。在那个时代能这样直言不讳地说出来，确是要有一些胆量勇气的，孔子自然也心里明白，但他不说，而盗跖说了，光凭这一点，人们不得不对盗跖刮目相看，暗暗钦佩。

　　盗跖之所以成为一个大盗，既有他的理论基础，也有他的行事之道。他的理论基础就是那句传世名言："窃钩者诛，窃国者为诸侯。"自古以来，成则为王，败则为寇，历史是成功者写的。这难道不是事实吗？当然，成功总有它一定的道理，失败也必有它一定的原因，归根到底是得道多助，失道少助，不道无助，得民心者得天下，失民心者失天下，历来如此。

　　盗跖的所作所为，也秉承了一定的道理，有一定之规。譬如说，他入室盗窃，先要探听这屋里究竟藏了什么东西，你什么也不知道怎么去偷呢，这叫做圣明；先进到屋里的人最勇敢；最后出来的人有义气；知道能不能偷得到，这需要智慧；对赃物作合理分配，这是仁心。其实做人何尝不是如此，对客观世界要作深入的调查分析，了如指掌，谁能做到这样，谁就能成功，谁做不到这样，谁就要失败，所以说成功有成功之道，失败有失败之规，这就是盗跖的逻辑思维。

关于安葬

人有生，就有死，每个人都避免不了。这是造物者安排的，谁能逃脱呢！

既然有死，就有安葬，自古以来，历史上的安葬方式有好多种，归纳起来，大致有这么几种：天葬、土葬、火葬、海葬，近年来也提出了骨灰树葬、花葬、草坪葬、主体葬、深埋葬等多种节地生态安葬方式。

崖葬、悬棺葬，是中国古代南方少数民族地区的一种葬法。即把尸体放在棺木中，置于山崖中。现在我们乘长江轮船途经三峡一带地方，两面的高山绝壁中间，有许多悬崖，导游指出这就是古时候安放尸体棺木的地方。那人们是怎么走到那里去的呢？不很危险吗？导游说：古时候人自有古时候人的办法，这您就别管了。

土葬，一般是把人的遗体先装在棺材里，然后再把棺材埋于土中。土葬的发展由简到繁，本来只是把尸体放到棺木里埋入地下就行了，可是逐渐发展到大棺套小棺，尸体放在小棺（椁）里，外面再套一个大棺，棺外要作墓。尸体要进行化装，像活人一样栩栩如

生，身上要穿戴整齐，有钱的人家还要让死者披金戴银，有许多陪葬物，大多是奇珍异宝。有些荒淫的帝王竟然要一些年轻的女子陪葬，他们活着时玩弄这些女性不够，死了还要女性来陪伴他呀！秦始皇在地下建了许多跟真人一般大小的兵马俑，周围宽阔得像一座城市一样。有的帝王为了遮人耳目，竟然建造几个坟墓。正因为如此，后来的人盗墓，往往能盗去许多贵重物品，靠盗墓发财。伴随土葬而产生了许多仪式，什么头七（第七天）、七七（七七四十九天），等等，都要举行仪式，做佛事，烧纸钱，宴请亲朋好友，大家都要送礼。死者的子女要守孝，父母死了，儿子要辞官返家，什么事也不干，守孝三年。举行仪式时亲人要大哭小喊，哭不出来就雇人来哭。说来也怪，一些人说哭就哭，说停就停，看似很悲伤，其实完全是装出来的。一个墓穴要占很多土地，死人越来越多，占地越来越大。墨子指出这是劳民伤财，对国家不利，所以他坚决反对这种做法，提倡要节葬、节丧。但土葬的办法一旦成为习惯，就很难改变，一直沿袭了上千年，直到全国解放初期还是实行这种办法呢！

新中国成立后，人们渐渐觉得这种土葬的办法既不科学，又浪费许多钱财人力，更重要的是占用很多土地，不利交通建设，于是提倡火葬。人死了，用火把尸体烧毁，然后把骨灰放在一个木盒子里，再把骨灰盒放在一个墓地里，立上墓碑，这比土葬要简单得多，占地也少得多，现在普遍实行的就是这种模式。

但是近些年来，这种火葬形式也产生了一些问题，一些不法商人乘机抬高骨灰盒的价格、墓地的价格，等等；有些农村虽然把尸体焚化了，却仍然要把骨灰盒放在棺材里，埋在田野里，筑起很大一块坟墓。说他孝心吧，也可以；说他摆阔吧，也未尝不是。其实

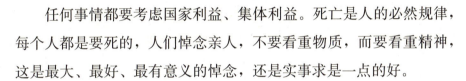

对父母尽孝还是要在活着的时候，如果活着的时候对老人不关心，死后搞这种讲排场，摆阔气，有什么用？一些有识之士认为，人的死亡是一种必然规律，我们对死者的丧葬不在于形式，而在于一种精神，常常想念逝者生前所做的好事就足够了，不必再让死者增加许多负担了。因此而提出海葬。周恩来总理自己就实行了海葬，亲人把他的骨灰分成几份，分别洒入了几个江河湖海里。近些年来，更有人提出推广树葬、花葬、草坪葬、立体葬、深埋葬等多种节地生态安葬形式。这样的安葬形式更加合理、科学、节钱、节地，同样也可以在节日举行悼念活动，是一举而多利的。

任何事情都要考虑国家利益、集体利益。死亡是人的必然规律，每个人都是要死的，人们悼念亲人，不要看重物质，而要看重精神，这是最大、最好、最有意义的悼念，还是实事求是一点的好。

经典之骗

　　每年的 4 月 1 日被称为愚人节，流行于欧美，近些年来也渐渐传入中国。在这一天，人们可以说谎或制造恶作剧，任何人都能成为开玩笑的对象，报纸、媒体可以播出一些轰动的假新闻或荒诞不经的事来愚弄公众，被捉弄的人也不会发火、生气，反而引以为乐。但是愚人节开玩笑也有一个度，就是不能扰乱社会秩序和治安，不能侵害公民的名誉权和姓名权，弄不好会导致法律纠纷。

　　其实愚人节终究还只是娱乐性的，而真正愚人、骗人的事却是不少。当代的骗子形形色色，采取的手法五花八门，光怪陆离，投其所好，防不胜防。且举一些日常所见的例子吧！

　　一曰骗婚。农村中男孩多，女孩少，这可能是由于重男轻女造成的后果。而且现在流行结婚前男方要送女方彩礼，还有一些贵重物品，甚至汽车、房子等，否则女的不跟你结婚。许多男青年为了娶一个老婆，想方设法筹集，弄得一点钱，给了女方。岂知结婚后不到三天，女方不翼而飞，男方找到媒人，媒人推得一干二净。后来一打听这个女人是有老公的，她把从你那里弄到的钱与老公一起远走高飞，你到哪里去找她？有的女人不仅有老公，还有孩子，是专以骗婚为职业，这类钱容易到手，也容易摆脱呀！

二曰骗色。有女人骗男人，也就有男人骗女人。男的说：我是一家公司的副总经理、我是中央哪位将军弟弟的儿子、我是某检察部门的检察员，我认识很多人、我有钱。女方信以为真。在交往中，女方发现男方非常"老实"，就留他晚餐、留宿。可是过了一段，男方突然不见了，女方想方设法找到了男方，并告到法院，指责男方是一个无赖，玩弄女性。男方说：那天晚上我们俩在一起，你不是也很快乐吗？女方这时才感觉到蒙羞上当，真是上天无路入地无门呀！

三曰骗财。男的女的素不相识，但在网上谈得十分投契。男方表现得非常慷慨，花钱很阔绰，赢得了女方的信任。时不多久，男方说：有一笔大生意，需要投资，我的存款没有到期，不好取。没等男方把话说完，女方就说：你先把我的钱拿去用吧！男方踌躇了半天说：怎么能用你的钱呢？女方说：你我还分什么呀？我的钱就是你的钱！男方似乎是在极不愿意的情况下接受了女方的钱。过不几天，男方说这点钱还不够，还缺多少，女方又如数照给。男方说：我要到深圳去一趟，与他们直接联系。女方说：好吧！咱们通电话。男方就这么走了，却是一去不复返了。女方打电话，男方关机。女方怀疑是不是受骗了？可不是吗，不是受骗是什么呢？

四曰骗房。一家房产公司已经把房子卖给一个人了，又卖给另一户人家。买房的人手续齐全，花了钱没有买到房子。连著名电影演员方子哥都喊冤，把他的事搬上了电视。

五曰骗购。假借店庆、推销某种营养品等名义，举办讲座，或者等在你家门口，或者径直上门，说是赠送老客户什么东西。等这

家人收了馈赠，就推销他的商品。老人爱面子，不买也不行，骑虎难下，情面难却，买就买了吧！只此一回，下不为例，其实何尝只此一回。

六曰骗官。解放初期老舍写的一篇《西望长安》话剧，就是一个真人真事。一个无名小卒，靠着他的坑蒙拐骗，从西安到北京，经过合法的程序，一路上升，一直当上了副部长。这类事何尝只此一件，近些年来靠吹牛说谎升官发财的并非个别。

七曰骗名。学术界盗窃他人学术成果，欺世盗名者屡有出现。大多出现于师生之间。老师偕学生之名出书，学生借老师之名出名。也有的抄袭外国人的著作，欺骗不懂外文的读者。

八曰骗保。事先到保险公司办了保险，事后故意制造车祸等，向保险公司索要赔偿，由此而引发的官司也不少。

还有"碰瓷"、电信骗钱等，层出不穷，举不胜举。

每一桩骗局都是经过精心设计、精密布置安排的，可以统称为"经典之骗"。这叫做一个愿打，一个愿挨，等到知道受骗已为时晚矣。

世界上的经典之骗已经不少，还要来一个"愚人节"，公开的张扬骗人，是嫌现在的骗人还不够呀！

面子·里子

现实生活中，欺世盗名之人、坑蒙拐骗之事不少，干扰了人们的正常生活，形成一种社会现象，成为一种社会诟病。有一句俗话叫做"知人知面不知心"，可见这种人、这种现象由来已久，并不是现在才有，不过有一点愈演愈烈之势。善良的人很难理解这种人的心情和作为，但却是确确实实存在的。报纸上有的文章谈到里子和面子问题，我们试就这个话题，展开一点剖析。

一是重表面，轻内在。也就是重面子，轻里子，表现在好些方面，如有的人胸无点墨，却表现出满腹经纶；衣冠楚楚，实际是沐猴而冠，三分像人，七分像鬼；与人说话，开会发言，高谈阔论，口若悬河，信口雌黄，唾沫横飞，哗众取宠。这种人经不起人们询问，不是一问三不知，就是王顾左右而言他。识者哂之。

有的人家无隔宿之粮，却显得吃了许多山珍海味，在家人面前夸不绝口。古书里讲有一个男子白天出去，晚上回到家里，妻子问他到哪里去了，他回答说：朋友请客吃饭。一次妻子跟着丈夫外出，却见他在一个墓地上拣人家的供品吃，这才弄明了真相。这位先生

还自鸣得意，以为我有得吃，你们没得吃，这类人大多是一些无赖。

还有的人家徒四壁，出门却西装革履，神气十足，人家看到他怎么一年四季老穿这一套衣服呀，光环很容易就被戳穿。这叫做打肿脸充胖子，死要面子活受罪。

这些人总认为，万般皆下品，唯有面子重。在一些世俗势利社会里，人情冷暖，只看外表风光，不看你的内在，外表光鲜，实质是绣花枕头，好看不中用。挂羊头，卖狗肉，以此行骗，损人利己。外表道貌岸然，仁义道德，内里男盗女娼。外表是绅士，实质是玩弄女性的高手。口蜜腹剑，说的比唱的好听。黑社会的人会说自己是黑社会的吗？不会呀，还觉得自己的脸挺白呢！这样的人是两面派，以伪装出现，心怀叵测，很难对付。

二是重内在，轻外表。即要钱不要脸。面子值几个钱？有的人在社会上干坏事，根本不顾及脸面，人们一看他这个德性，就知道他是干坏事的，他却满不在乎。只要钱到手，管他是偷来的抢来的，到了我的口袋里就是我的。他们说谎话，从来不知道脸红，谎话连篇，有时候连自己也不知道哪句话是真的，哪句话是假的。有奶便是娘，管它什么礼义廉耻，品格颜面。一个人脸都可以不要，还有什么要的呢？

三是既要面子，又要里子。面子是要的，里子也要，这叫做"名至实归"。这种人大多外表温文尔雅，恭顺礼貌，工作勤奋，十分辛苦，但是不能跟你白干呀！一定要有报酬，报酬低了不干，福利低了不干，哪里工资高，就到哪里去。他们居无定所，这山望着那山高，经常跳槽。朋友间表面彼此和谐，握手言欢，实际勾心斗角，务必把你搞垮为止。这种人很务实，但不包括道德层面。

四是既不要面子，也不要里子。这样的人有没有呢？有！有一些人好吃懒做，有所为有所不为，为的是花天酒地，狐群狗党，不为的是对工作虚情假意，敷衍塞责。他们对什么事情都无所谓，今朝有酒今朝醉，吸毒、赌博、嫖娼、打斗，里外不是人，既输掉了面子，又输掉了里子，给脸不要脸。他们真的是人生若梦，十足的寄生虫。他们凭借着有依靠，一旦失去了依靠就什么都没有了。

虽然上面讲了那么几种人，但切不要把人类看得那么可怕，似乎世界上没有善良的人了。不是的，世界上毕竟善良的人多，坏人少，要不然我们这个社会怎么能够进步？本文只是把人类的外表和内在现象作一些简单地剖析，看看是不是真有其人，实有其事。如果觉得有，也可以作一些防范，对自己也是一种警惕和策励呀！

爱与恨

　　孔子有一句名言："爱之欲其生，恶之欲其死。既欲其生，又欲其死，是惑也。"

　　爱一个人爱得要命，希望他长命百岁，永远不死；恨一个人恨得要死，希望他马上消灭，永不相逢。是这样吗？我们在日常生活中，也确实常常碰到这种情况，不是真有其事，而是一种心理状态。

　　我们这里不是去讨论什么是爱，什么是恨的定理，只是讨论当遇到这种情况时应该持有什么样的态度。

　　一是要相对地、客观地看问题，而不是绝对地、主观地看问题。就是不搞偏激，钻牛角尖，认死理。不意气用事，才能客观公正。绝对，把路堵死；客观，才能留有余地。

　　二是理性地看问题，而不是感性地看问题，即理智的而不是感情用事的。越是感情上的事情越要理智，否则便容易走火入魔。感情的一时冲动，容易发生意外，后悔莫及啦！

　　三是不看一时一事，而要全面地看问题。一个人一生做事千万桩，不能说做得都对，或者做得都不对，总有对有错。要人家做的事都对，事实上是不可能的，谁能完全正确呢？世无完人，明白这一点，就不至于一手遮天，一概抹杀了。

四是要看是自觉的、自主的，还是受人指使，不得已而为之的。例如"反右"或"文化大革命"中，受到客观环境的影响，批判了一个人，斗争了一个人，伤害了一个人，但往往并不是自觉的，而是被动的。他这样做了，自己觉得也不对，但不这样做又不行，因为要自保呀！这种情况也不是不能原谅的。

五是多替对方设想，即换位思考。假如我处在他的位子上，我是不是也会这样做呢？很难说呀！有的是对方犯了错误，伤害了自己，自己的气不平，因而采取报复行动，这种情况也不少见。

六是要看对方是主犯、惯犯，还是从犯、偶犯，这在法律上量刑时是有区别的。是屡教不改者，还是偶一失足者，分别对待，不能同等看待。

七是犯了错误，是认识了错误，还是坚持错误，冥顽不灵。有的人犯了错误，千方百计地掩饰、掩盖，还把过错推给别人，这是不可原谅的，而且会罪加一等。人家已经认错了，就不要苛求了。

八是不知情，不懂法，还是明知故犯，知法犯法，这也应该是有区别的。现在人们的法律意识还很淡薄，法盲不少，不知道是犯了法，特别是在农村，文化程度一般较低的人做了犯法的事却不知犯了法，这种情况屡见不鲜。

九是要宽容，不记仇。得理也要让三分，不要得理不饶人。要重教育，而不是惩办。监牢里的人，打官司的人，不是越多越好，而是越少越好。哪一天法官、警察没有事做了，天下就太平了。

十是凡是发生纠纷，都要力求化解，而不要积怨。各人做事各人当，上代人做的事上代人负责，下代人不负责。下一代的人不要重蹈覆辙，也不要替上一代人的错误隐瞒、掩饰，甚至鸣冤叫屈。错了就是错了，错了还能说对吗？世界上的人眼睛是雪亮的，即使你能蒙蔽人一时，也不能蒙蔽人一世呀！

　　"爱"与"恨"，是世界上必不可少，不能没有的，如果世界上没有爱和恨，该爱不爱，该恨不恨，那把人的思想感情放到哪儿去了？但是爱和恨归根结底是感情方面的事情，单纯的感情用事不行，它一定要受到理智的约束。如果世界上没有理智，不知道将会有多少不幸的事情发生。不要被感情迷惑自己的眼睛，而要擦亮眼睛，坚定信念，明辨是非，这个世界才有可能变得更加光亮一些。

除六害——酒、色、财、气、赌、毒

酒、色、财、气、赌、毒，指的是酗酒、好色、贪财、爱生气、赌博、吸毒。

酗酒，不是指的一顿饭喝一二两酒，活活血，提提神，而是论斤论瓶地喝，每喝必醉，醉了就说胡话，上吐下泻，满地打滚，不省人事，丑态百出，如果还出去开车，则非发生车祸不可。

好色，不安于自家的妻室子女，而是见了漂亮女人就"爱"，不是一般的爱，而是玩弄。老婆是人家的好，野花比家花香呀！结果弄得妻离子散，家破人亡。

贪财，不是君子爱财，取之有道，而是见钱眼开，有钱就捞。关键在于一个"贪"字，由小贪到大贪，由暗贪到明贪，损人利己，勾心斗角，投机倒把，唯利是图。人为财死，鸟为食亡。终于有一天身陷囹圄，活着也就等于死了。

爱生气，就是无事生气，小事生气，时时生气，事事生气，常常生气，不该生气的事生气，屁大的事生气，每生气就动粗，打人、骂人，甚至杀人，大抵是一时一事气不过，非得报复不可。这类人一则自己伤身，再则触犯刑律，到了法庭上才可能知道不值得。

赌博，闲着无事，就去赌场，渐渐着迷，正事不干，就想在赌场赢钱。岂不知赌场老板是干什么的，他不赚你的钱开什么赌场？越输越赌，越赌越输，结果倾家荡产，甚至卖掉自己的老婆孩子来抵债，变成光棍一条。

吸毒，毒品这个东西，不吸则已，一吸就要上瘾，上了瘾就不容易戒，不戒就长期吸下去，弄得精疲力尽，骨瘦如柴，三分像人，七分像鬼。有的甚至发展到制毒、贩毒，危害社会，罪莫大焉。

而且，酗酒、好色、贪财、爱生气、赌博、吸毒，往往不是孤立存在，而是有连锁反应的。沾染了其中一项，其他几项必相伴而来。贪污分子必然好色，他们经常出入高档饭馆、赌场、烟馆，吆五喝六，神气活现，以为过的是神仙生活，实际是偷偷摸摸，无颜见人，处处提防。一旦东窗事发，受到法律制裁，追悔莫及，心中不见得很痛快吧！

怎么会产生这"六害"的呢？据我观察是从小养成的。

一是这些人从小"不爱学习"。有的说：我从小就不爱读书，老师讲什么，我听不进去，渐渐就想逃学。社会上总是责怪父母教育不当，其实也有点冤枉他们了，他们是想尽办法让我上学，而我就是想办法逃学，父母奈何我不得，背了黑锅。

二是不爱读书就必然不务正业。不上学怎么办？就到处游逛。看见人家有钱就想怎么我没有钱呀？于是看见人家挥金如土，就想歪念去偷、去抢、去骗，渐渐走到邪路上去，离人生正常的轨道越走越远。

三是结交狐朋狗友。出入歌厅舞厅、网络酒吧，玩电脑游戏、网上热恋，结果是上当受骗，人财两空，以至铤而走险。

四是梦想发财。这些人好吃懒做，只想发财却不爱劳动，哪个赚钱干哪个，管他什么合法非法。

五是受人指使。一些人不学无术，不仅两手空空，而且头脑也空空，自己没有主见，就只得听人指挥，被人利用，被人当枪使，甚至为了挣几个钱，做出替人顶罪名的事情来，真是愚不可及。

凡此种种，在农村，在教育比较薄弱的地方，更容易出现。如果这些人从小能够多读一点书，增加一点知识，知道一些做人的道理，也许他能够知所收敛，不至于或者不敢做一些违法乱纪的事，看来这项工作，也是各级地方政府当前迫切要抓的第一等工作。毁坏人才比毁坏其他一切容易得多，所谓"百年树人"，培养一个人才不容易呀，这件事决不能掉以轻心。除六害要从小时抓起。

虚与委蛇

　　"虚与委蛇"是一句常用语，因为它是文言文，似乎不大好懂，如果用白话文来说就是指虚情假意。委蛇是顺从应付的意思。虚与委蛇就是虚假答应人家，但不出自真心，搪塞敷衍而已。

　　虚与委蛇虽然不好，但世界上虚与委蛇的事情还真不少。

　　一种情况是你是上级，我是下级，下级要服从上级，虽然我不同意你的意见，也不能违反，就只好答应去办，但是我不会使出全力，明知不可为而为之，这是出于一种不得已。

　　另一种情况是对任何一件事情，都敷衍塞责，表面同意、赞成，实质是假接受，真违反，不负责任，事情做好做坏似乎与己无关。这就真的是虚与委蛇了。

　　人们办事，最怕的就是这种虚与委蛇。交给他办的事，你说他办了吧？办了，也没有办。办了，没有尽力，办了也等于没有办，办了也是白办。事情没有办成倒还在其次，就怕你不认真干，这种人是最要不得的。

　　在日常生活中这类事情很多，譬如在打仗中有所谓虚晃一枪。

枪弹是真的打出去了，不过没有对准目标，或是朝天开枪。你说他没有打枪，他是打了，但他根本就没有想打中目标，只是应付一下。他并不想立功，只求无过而已。

在爱情中有所谓假凤虚凰，说十句甜言蜜语，没有一句是真的。对你说：我爱你，对另一个人也说：我爱你。你说他假爱你吧，倒也不是，你说他真爱你吧，也不是。让你捉摸不定，真假难分。

这类事情的另一种说法就是不作为，该做的不做或不认真做。中央一位领导同志在一次讲话中指出"为官不为也是变相腐败"，把这种虚与委蛇提到了原则的高度。

古人说："为人谋而不忠乎？与朋友交而不信乎？"

替人办事，或者交朋友，最重要的就是一个忠字，一个信字。你不同意，你就不办，不要答应了人家却又不办。人要讲信用么，没有了信用，谁还相信你呢！

在朋友圈中有所谓外圆内方或外方内圆之说。最麻烦的是外圆内不方。表面看起来八面玲珑，非常热心，什么事情都愿意帮助办，实际他并不使劲，办得成办不成他不管。古人说，君子不轻诺。这些人诺得快，忘得也快，不能成为真正的朋友。

在上下级中常有所谓阳奉阴违，答应了又不认真办，出工不出力的人。有的是上有政策，下有对策，该为的不为或乱为，天高皇帝远，我自有一定之规，你摸不着。客观原因一大堆，都不是自己的责任。近年来中央把不依法办事，不按法定程序办事，或者久拖不决，议而不决，决而不行，推脱、拖拉的形式主义、官僚主义作风，一概视为问责的对象。这是很重要的。不然，上面的决策如何能够在下面推行？上面的决策本来是好的、对的，下面一推行就走了样，牛头不对马嘴，就面目全非了。

虚与委蛇与实事求是是针锋相对、尖锐对立的。虚与委蛇了就决不会实事求是，实事求是就决不会虚与委蛇。我们在日常工作中受虚与委蛇之害已经不少了。提倡实事求是，反对虚与委蛇，这不仅是工作作风问题，而且是一个道德品质问题，是一件很严肃的事情。

我本善良

清谈误国

清谈盛行于魏晋时期，一些知识分子受玄学的影响，崇尚清谈，对国是不满，退居山林，空议朝政，大多是负面的，成为一时风气。后世泛指一般不切实际的议论，叫做清谈误国或空谈误国。

俗话说，秀才造反，三年不成。如果光是嘴上说说，无人理睬，倒也罢了，可他们制造的舆论，似是而非，似非而是，蛊惑人心，给国家、社会造成了很多负面的影响。本来什么事也没有，却弄得满城风雨，人心惶惶，莫衷一是，上下不同心，影响团结，危害很大呀！

清谈主要有以下一些表现。

一是一些人自命清高、自命不凡、超凡脱俗，认为自己的学问大，满腹经纶，别人都是凡夫俗子，不学无术。这些人对世界上的一切都看不惯，看不起，任意发表不负责任的议论，唯我独尊，指桑骂槐，指东说西，实际没有多少根据，只是显得自己有学问，多么了不起罢了。

二是事不关己，高高挂起，与世隔绝。好像世界上只有他一个

人就能生活得很好。你走你的阳关道,我走我的独木桥,"商女不知亡国恨,隔江犹唱后庭花",其实他什么也少不了要人侍候。

三是一些人坐井观天,以为天就那么大。站在自己的角度看问题,只看局部,不看全面,只看到自己鼻子底下的一点事,而看不到天外有天,山外有山,横挑鼻子竖挑眼,一切都看不顺眼。实际是闭门造车,不着边际,自我欣赏,自我陶醉而已。

四是片面看问题。看反面的多,看正面的少,看问题、缺点、错误多,看成绩、进步、发展少,带着一种偏见或成见,一叶障目,眼前一片漆黑,一无是处,抓住一点,不及其余,流言蜚语,耸人听闻。

五是以个人的意图为判断是非的标准。只要是对自己不利,或者对自己没有什么好处的,一概拒绝、排斥。自己的利欲没有尽头,因此不满也没有尽头。

六是咱俩不是一个派别的。你说的、做的,对也不对,不对更不对。别人是坏到头、坏到底了,我是正确到头,完全正确。要是说你对了,不是咱俩的意见一致了吗?咱俩就没有什么区别了吗?那我的存在就岌岌可危了。

七是天生反骨。就像诸葛亮看魏延的后脑勺一样,知道他日后必反,因此对他处处设防,不重用他。魏延心存不满,助长了他的逆反心理。

八是小题大做,无限上纲。本来是一般性的问题,硬说是原则性问题。有的错误已经改正或正在改进,却视而不见,满怀激愤,如骨梗喉,不吐不快。

九是不安于分。总觉得混乱比平静好,有事比没事好,于是无中生有,无事生非,小事闹大,火中取栗,从中渔利。其实混乱对你不一定有什么好处，反而有害。

十是满足一己之私。故意制造事端，挑拨离间，掩人耳目，激起公愤，损人利己，踩着别人的肩膀往上爬。

十一是势不两立。你说什么、做什么都是错的，只有由我来代替你，有我无你，有你无我，无穷的仇恨，无尽的争论，永无休止，也就永无宁日了。

十二是借发扬民主之机，行诽谤诬蔑之实，同意我的就是民主，不同意我、同意别人的就不是民主。我就是民主，你就是不民主，这就是他们的逻辑思维。

凡此种种，不一而足，不再多说了。

其实魏晋时期的一些文人，自比清高，高谈阔论，指桑骂槐，主要都是对着别人的，对自己则并非如此。他们是严于责人，宽以待己，其中有一些人的生活作风、道德品质很差，甚至是荒淫无度，为人不齿。结果怎样呢？魏朝五个皇帝，一共只维持了46年；晋朝外族入侵，国家四分五裂，短短一百来年还分了西晋、东晋两个时期，导致南北朝多国对立的混乱局面，原因当然是多种多样的，但和一些人只清谈，不干事，说得好听，做得差劲，言语上的巨人，行动上的矮子，恐怕不是没有一点关系。这些人貌似清高，实际与一些混迹江湖之人没有多大差别。后人称"清谈误国"，并没有冤枉他们。

该说的说，不该说的不说。多做实事，少说风凉话，多作善意的批评，上下同心，任劳任怨，鞠躬尽瘁，死而后已，不可以吗？金子是不会被埋没的。

赶热闹

　　近读现代作家散文集，有一篇柯灵写的文章《凑热闹》，主要是讲了有一些帮闲文人不务正业，成天做一些凑热闹的事，浪费时间，于事无补。读了觉得很值得警戒。

　　一位老领导卸任了，开个欢送会，会上大家歌功颂德，一片赞扬，嬉笑声中带恋旧，热闹声中带惋惜。总之是觉得此公一走是本单位的一个重大损失，非常可惜。新领导上任了，开个欢迎会，虽然对此公的了解并不多，但也是一片称颂赞扬，在嬉笑声中带期望，热闹声中带歌颂。这是旧社会官场的一种惯例，似乎这是一种礼仪，没有这一套不行。

　　其实，对老同志离任，几个旧日的同事坐在一起，开个茶话会，谈谈心，交换一些意见，这是好事，无可非议。对新上任者，几个同志坐在一起，开个座谈会，老同志介绍一些本单位的情况，新上任者征询一些问题，大家商量着要办些什么事，先办什么，后办什么，这也是一件好事，是完全应该的。

　　但是为什么柯灵要写这么一篇《凑热闹》的文章呢？我想他也

是有感而发吧！就是有些单位往往把这种送旧迎新的事搞偏了，变成一种形式，借此大搞吃喝，席上觥筹交错，喝得烂醉，说了许多空话、套话，一点实际意义都没有。参加者人数众多，实际都是捧场者，和新来旧去的人一点关系都没有，这种就是所谓的"凑热闹"者。

任何事情，都要把好事办好，不要把好事办砸。要讲求实际，不要讲求形式。譬如说送旧迎新，为什么只是对着领导人员，而一般人员的调动就不这样热闹了呢？其实，一般工作人员在这个单位工作了很久，做了许多工作，有许多经验，有许多感受，一旦离别，也可能有很多话要说，几个同事坐下来，大家一起谈谈，交换一下意见，不也很好、很需要吗？为什么这种情况就比较少？新来的同志可能是一个一般干部，对这个地方不熟悉，很想向同志们了解一点情况，征求一些意见，新老同志坐在一起敞开思想，大家聊聊，不也很好吗？这样做就把好事办好了。

最要不得的是：人在时拍马奉承，人一走茶就凉。离任的同志身体怎么样，家里有什么困难，就不大过问了。新上任的同志，不管他做得对不对，都一律应承，从来不说一个"不"字，为什么？怕得罪领导，以后工作不好做呀！

喜欢"凑热闹"的人，大多是一些帮闲文人。他们平时工作不多，一天到晚捉摸着领导喜欢什么，不喜欢什么，需要什么，不需要什么，这些人大事干不了，小事又不愿意做，做一些表面文章，倒也能招人显眼。你说他不做事吧，倒也做了不少事，你说他做了事吧，也没有看出他究竟做了什么事。这种人有百弊而无一利。但愿一个单位这种人少，而不要多了，最好没有。

农村脱贫，十破陋习，十树新风

"十三五"规划提出中国农村扶贫脱贫问题，要求到 2020 年消除农村贫困户。这是一个重大、英明的决策，是一项十分艰巨的任务，需要极大的努力才能完成，也是广大人民盼望已久的事情！

消除农村贫困户，不仅是在经济生活上，而且是在思想风貌上。只有在思想风貌上脱贫，才能在经济生活上脱贫，真正改变农村的落后面貌。这个问题在当前已经十分迫切。乘中央提出扶贫脱贫的东风，我提出在农村十破陋习、十树新风这个课题，也算是尽自己一分小小的责任。

之所以要提出十破陋习，是因为这些陋习在农村中非常普遍，危害很大，农民自己也觉得忍受不了，却又摆脱不了。对这种陋习，政府不能不闻不问，听之任之。政府需要明确表态，赞成什么，反对什么，支持什么，不支持什么，甚至作出一些相应的规定，也是可以的。

一是破多生育。农村中重男轻女、多子多福、增添劳力、传宗接代的观念十分深厚。中央前些年提出计划生育政策，大城市执行得比较好，可是你到农村去看看，哪一家只有一个孩子？至少两个、三个、四个，有的更多，五个、六个的生下去，女孩不算数，非得有个男孩不可。家里穷得叮当响，还要生，越生越穷，越穷越生，哪能翻身脱贫呀！

二是破婚丧嫁娶大操大办。一位村长的儿子结婚，村长大摆宴席，请了四五十桌酒，高朋满座，盛宴款待，大小村民都赴宴了，村子周围大小汽车几十部，连停车的地方都没有了，当然大大小小的红包送的也不少。还有所谓闹婚，肆无忌惮，太不像样。

三是破儿子结婚高额耗费。儿子结婚要有房子住呀！儿子还年轻，哪来的钱，只有由父母来承担。可怜父母在外打工，拼死拼活辛苦劳动几十年，挣了几万块钱，为儿子盖房子、买房子，一下子所有积蓄全部花光。有了房子，还需要家具呀！哪一样都不能少，什么电脑、手机、电视机呀，冰箱、洗衣机呀！甚至要有汽车、摩托车等。最难办的就是要向女方送彩礼，少则几万元，多则几十万元。我的天呀！农村一个普通人家到哪里去弄这么多钱。但要娶媳妇，不能不到处去弄钱，甚至铤而走险，发生盗窃抢劫等事件，媳妇没有娶进门，自己却被关到牢子里去了。

四是破厚葬久丧。墨子在两千多年前就提出要节葬。当今政府早就倡导要实行火葬，农村人倒是也执行了，但是尸体焚化以后，放入骨灰盒中，不是就这样埋葬了，而是还要放进棺材里埋葬。陪葬品也不少，有的是死者生前穿什么、用什么，死后也要穿什么、用什么，让死者跟活着时一样，称这是尽孝。有的墓葬占地甚多，甚至有围墙、走廊，四周开阔美观，绿荫铺路，像一个小别墅一样，目的是要死者安详舒适。国家要在这个地方修公路，搞建设，需要迁坟，家人也不愿搬迁，闹出很多纠纷。

五是破封建迷信，陈规陋习。《国际歌》早就提出："从来就没有什么救世主，也不靠神仙皇帝。"新中国成立这么多年了，一些人，特别是农村人的封建迷信思想仍然相当盛行。死了人要做道场，请一帮人来家吹吹打打，显得很热闹。有的死者家属并不真的悲伤，哭不出来怎么办，就出钱雇人代哭，说哭就哭，说停就停，说笑也就笑了。祭奠时要烧纸钱，买祭品，以便死者在阴间吃喝使用。一些巫婆装神弄鬼，装疯卖傻，目的也只是为了挣几个钱，死者家属也愿意多花几个钱，但实际对于寄托哀思毫无关系。还有，老人小孩到庙宇去求神拜佛，求签测字，传播迷信，有增无减。

六是破摊派敛财，小官大贪。农村中有的人做了违法的事，但是只要使了钱，就没有解决不了的问题。有钱能使鬼推磨。你超生了吗？不要紧，生一个缴多少钱，就能化险为夷。

七是破高利盘剥。农村中需要用钱的地方很多，没有钱怎么办？就去借，但是你这个用途不符合银行信用社的规定，不能借，由此一些民间的高利贷应运而生。你到我这里来借，月息至少也得一分五。再多些就是两分、三分、四分、五分的利率。一些借债者不要说日后还不了本钱，连利息也还不起呀！有的农民有了一点钱不愿存银行、信用社，因为银行、信用社利率低，而去存给高利贷者，结果，不要说利息，连本金都收不回来，辛苦挣来的一点钱全部泡汤。有的农民不得不卖地卖房，富的变穷，穷的更穷，怎么指望翻身脱贫。

八是破赌。农村中缺乏正当的文化娱乐活动，一些人白天种了地，很累，想轻松一下，就往赌场跑，说是娱乐，实际也是想在赌场里赢一把钱。但是天呀！赌场是为了什么开的？是为了让你娱乐开心吗？为了让你赢利吗？不是的，赌场老板赚的就是你的钱，你到赌场去越想赢钱，就越是输钱，越输越赌，越赌越输，结果是倾家荡产，有的连性命都搭了进去，想娱乐反被娱乐误。

九是破烟酒过度，损害健康。抽烟对肺部有害，早已明文公布，人尽皆知。酗酒上吐下泻，不省人事，丑态百出。这都损害健康呀！

十是破家暴。有些农村里的男人大男子主义很严重，家里男人说了算，没有妻子的地位，妻子有时提了不同意见，不是拳打，就是脚踢，孩子不听话，也打，往死里打，结果送了妻子、孩子的命，这不是耸人听闻，而是有据可证。一个男子汉因而犯罪，家破人亡，连自家的命都保不住，还谈什么脱贫翻身？

为了破除上面十种陋习，窃以为必须倡导"十树"。"十树"什么呢？

一是勤俭。勤俭、勤劳、勤奋，这是农村劳动人民的本质，必须保持。社会主义商业社会仍然要靠劳动吃饭，反对懒惰、靠救济、靠天吃饭。不劳而获、走歪门邪道发财是靠不住的。树立勤俭致富的思想，才是最根本、最实在的。

二是节约。中国的农民原来很穷，几十年来农民翻身得解放，生产有了发展，生活状况有了一定改善，但还不能说是很富裕，有些地方的农村和农民还很贫困，不然要提什么扶贫、脱贫。即使有了点钱，仍需注重节约，绝不能挥霍浪费。要瞻前顾后，我们浪费不起呀！

三是文明礼貌。文明社会当然要讲文明礼貌。大庭广众不要光着膀子，穿着裤衩，不雅观。不要说粗话、拍桌子、竖眉毛、瞪眼睛，在公共地方大声喧哗，打手机，旁若无人。与人见了面，不妨相互说一声："你好！""对不起！"不要再像过去那样总是说"你吃了吗？""你在哪里发财？"等的话了。

四是学习。学习、不学习，对于一个人来说区别太大了。学习了，扩大了眼界，懂得了知识，开阔了思路，办法就多了，不会钻进死胡同出不来，一筹莫展。学习不是让你多认识几个字，而是让你增加智慧，变得聪明，可以使你由穷变富。

五是讲卫生。不要随地大小便，小孩也不宜，不随地涂鸦，破坏公共财物。有病到医院看病，不要找"神医"、巫婆。

六是守法纪。农村中一些人由于没有学过法律，因而也不懂法纪，犯了法还不知道怎么犯的呢！加强法律学习，不仅可以防身，而且利人利己。

七是尊老爱幼，和睦相处。公公像个公公，婆婆像个婆婆，儿子像个儿子，儿媳妇像个儿媳妇。不要像过去那样，婆婆看不惯儿媳妇，婆媳关系搞不好，媳妇熬了几十年，现在终于出头了，于是又拿出婆婆那一套，婆媳关系何时能好呀？对孩子不娇惯，不溺爱，既不苛求，也不要不闻不问，支持孩子合理的要求，身教重于言教，说理重于打骂，要说服而不是压服。

八是互相帮助，不嫉妒，不生闲气。不要像古代文人说的那样，鸡犬之声相闻，民老死不相往来。而是关心群众，助人为乐。人家比我好，要祝贺人家，而不是嫉妒愤恨，中伤诬蔑，生闷气，难道只能自家好，不许人家好吗？宽以待人，严以责己，大家就和睦相处啦！

九是讲究科学，不搞迷信。科学是多少人研究探索的结果，是普遍的真理，你不服也不行。不要以为科学太高深，离我太远。科学其实和每一个人的关系都十分密切。农村人要有科学观念，他的进步就能更快些。

十是善于创新。农村要想发展，关键还在于农民的创新。农民最懂得农村,决不能墨守成规,千百年一贯制。创新不光是科学家的事,也是农民的事,关系到农村、农民的切身利益呀。

破此十陋,树此十新,就可以提高农民的素质,让农民和农村有了新思想、新观念、新气象,进入新时代,成为一个有文化、有教养的新型农民和新型农村,也就更便于脱贫致富了。

一个十分重要的问题是要充实、调整、提高、优化基层农村干部的配备。现在让很多大学生毕业后到农村基层去当村主任、支部书记,这是一个好政策,要坚持下去。同时组织一些城市的医生、护士、教师、文艺工作者到农村去行医、教书、演出,传播先进文明和文化。再就是加快建设更多更好的中小城市,使农民可以就近进入城市,增加就业机遇,更快地缩小城乡的差别,这也是扶贫脱贫的一个重要方面。总的就是要从根本上,从各个渠道,多方并进,促进农村人民经济生活和思想风貌的有效转变,这实在是当务之急,刻不容缓。

狂热

　　狂热，是指人对某一件事物的专注、偏好，到了不能自已的程度。

　　可是狂热也有两种不同的情况。一种是对自己事业的狂热、对科学研究的狂热、对写作的狂热，把自己全身心地投入到这中间而不能自拔。人家说你疯啦？是呀，是疯啦，进去了出不来啦，欲罢不能啦！如果做出了成绩，这种狂热就非常好。一个人要想事业成功，还非得有这种狂热不可。

　　也有另一种狂热，一窝蜂，听风就是雨。一听说日本的马桶盖好，就一窝蜂地到日本去买马桶盖；一听说韩国的美容技术好，就一窝蜂地到韩国去美容；一听说美国的产科好，就一窝蜂地到美国去生孩子，真像发了疯似的。好像中国不能拉屎撒尿，没有美容好做，不能生孩子啦！其实，我们的国家已经延续五千多年啦！你就是在你祖国的大地上生的，不是也很健康吗？到外国去抢购的结果，也可能真的很好，满载而归，但也可能不尽如人意，失望而归，也可能受骗上当，哑巴吃黄连，有苦说不出。这一种狂热，影响了那个地方商店的正常营业，扰乱了市场，人家早就有烦言啦！如果往大里说，也影响了名声、国格。不就是有了几个钱吗？要没有钱，你能到处去抢购吗？人们会瞧不起你。

国内没有这么好的东西，就只好到外面去买。有人这样解释。是的，朋友。但是，一个国家不能拥有世界上所有的好东西呀！你为什么到日本去买马桶盖，而不到美国、英国、法国去买马桶盖呢？可见那些国家的马桶盖不如日本的马桶盖好。但只听说中国人到日本去买马桶盖，却没有听说美国人、英国人、法国人到日本去买马桶盖。是中国人比美国人、英国人、法国人都高明吗？这个问题我也不知道，只好去问问那些到日本去买马桶盖的人了。其实买马桶盖有那么急迫需要吗？没有那种马桶盖你就不能拉屎撒尿了吗？再说这类马桶盖中国也并不是没有，报载有人从日本买回的马桶盖的产地是中国杭州。但即使中国现在没有那么好的马桶盖，也不见得永远没有，将来也会有的，何至于急得这个样？人家卖给了你马桶盖，赚了你的钱，还不一定感谢你，反而看不上你呢！

有人说，你是吃不到葡萄说葡萄酸。你买不起外国的好东西，就说风凉话，谁不想要点好东西呢？是的，我是买不起。我不是不爱好东西，我也喜欢好东西，但不能见好就买呀！世界上好东西这么多，你能都买回来吗？你有再多的钱也不一定能把世界上的好东西都买回来呀！

也有人说，老先生，你似乎也过于严肃了一点，你不知道现代的年轻人想多享受一点，过更加美好的生活吗？再说我们到外国去买一些好东西有利于促进国内调整供给侧结构，生产、创造出更多、更好、更美的东西，满足人民的需要。这不好吗？是的，这话也有道理，谁不想享受，过更美好的生活呢？

　　我们的一些科学家、事业家，每天都在辛辛苦苦地创造新事物，但是他们创造出来的新东西，往往并没有自己享用，而是供别人享用了。我们的科学家、事业家不是不想享用，他们也想享用，应该享用，但是他们没有时间享用，他们在广漠大地，在实验室里，日夜辛劳，他们没有时间享受，他们感觉到在科研上取得成就就是他们最大的享用。如果人们都想到这一点，也许就能够减少自己些许的享受欲了。

　　狂热也可能只是一时的冲动，但它是会传染的，你买我也买，大家都去买，不是抢购也是抢购了。我说这些话并不是叫人不要去买东西，不要到外国去买东西，世界贸易么。但如果大家一拥而上，抢购一些实际上并不那么重要，并不那么迫切需要的东西，是不值得、不必要的。国外的一些大富翁，拥有亿万美元，但他们倒是十分注意节约的，并不挥霍浪费，他们把自己的积蓄都捐出来，作慈善之用，他们的心态似乎要比单纯的自己享用高尚得多。

　　狂热能使人们激奋，给世界造福；狂热也能使人愚昧，给世界添乱。狂热，但仍然要保持清醒的头脑，不去做那种低级幼稚的事情。不要简单地看只是买了一个马桶盖，它确也反映出了一个国家、一个民族的民性和民质，你失去的远比得到一个马桶盖要多得多。

　　让这些老朽去死，就再也没有人来说东道西了！一些人对老朽恨之入骨。没有办法，谁叫你和我都是中国人呢！

追风

近些年社会上盛行追风。

"追风"这个名词，很早就有了。按照古书上的记载，"追风"原是一种马的名称。秦始皇有匹快马名叫"追风"，实际就是跑得快的意思。可是这个追风传到现在又有了新的含义。《现代汉语词典》原来没有"追风"一词，直到第6版上才有了"追风"的词目，解释只有一句话："追逐流行风尚"，没有说是马跑得快。但也有快的意思吧，只是由马跑得快变成了人"跑"得快。

"追风"的现代意义，就是说人们像追风一样很快地学习别人家的好东西。外国人有的，我也要有；外国人能做到的，我也要做到。中国与外国一致起来，也就是所谓"与国际接轨"的意思吧，从这个意义上来说，"追风"也并不错。

可是从人们日常生活中见到的，所谓追风，大部分是用在文艺、娱乐、体育等方面，其他方面很少用这个词，有时用"追风"，有时用"追星"或"追星族"，似乎成了专用名词。譬如近年来有些电视台开辟了婚介、好声音等节目，效果不错，其实这在外国早就有了，

我们大概也是在追风吧！又如模特走步、时装、选举世界或地区小姐、国际电影节走红地毯等，也是追的外国风。有的是追捧一些著名演员、歌唱家、运动员等，称为影迷、歌迷、球迷，等等，统称为"追星族"。每到有这类节目时，追星族就一拥而上，拍手鼓躁，叫喊捧场，声嘶力竭，几乎像疯了似的。我不知道这些人哪来这么多的时间，是不是专门做这项工作的？有报酬的？因为在商业社会没有钱是不干的呀！

姑不论这种现象好不好，我也不知道其中的门道，因而无法置评，不过我也有一种想法，就是外国的东西，我们要学，可以去追，但也不一定所有的东西都要学，都去追，还是要结合中国的实际情况，有的学，有的不一定学。譬如拳击（英文名 boxing），相当的凶残，常常打得人头破血流，上气不接下气，几乎要窒息的样子，惨不忍睹。外国人身高马大，体力充沛，可以搞这种运动，我们中国人身材一般比较矮小，体力不如人家强，似乎就不必去学、去追，你有你的，我没有，也不丢人呀！又如西班牙的斗牛，那是西班牙的传统项目，一个人骑在牛身上，反复颠簸，被摔下来，再上去，再摔下来，这对身体有什么好处？有的斗牛士拿着一面红旗在牛面前反复引诱，让牛调过来转过去，几乎要把牛转晕了，然后一刀刺下去，这头牛血流如注，终于不支倒地，显得这个斗牛士胆壮力大，是一位"英雄"。有时让一头牛在群众中到处乱闯，有的人躲避不及，被撞伤的也不少。这类活动连西班牙人自己也觉得太残酷、不好，提出要禁止，但却迟迟禁不下来，一直延续到了今天。还有一些裸露节目，一些年轻小姐穿得很单薄，除了三点以外，几乎全露，还在那里扭腰挺胸，目的无非是吸引人们的眼球，有多少艺术价值可言，不得而知。

在看了诸多追风节目以后，有一点始终使我大惑不解，为什么这些追风大多数都是中国人追外国的，而不是或很少是外国人追中国的？要说和国际接轨，难道只是中国去接外国的轨，没有外国接中国的轨吗？接轨的标准只是外国的，没有中国标准吗？这使我有点纳闷。

中国也有许多独特的艺术节目呀！譬如京剧、书法、音乐、国画，等等，在世界上是非常有名的，外国没有的。中国的艺术团体也经常到外国去演出，受到外国人欢迎，演出完毕也就回来了。可为什么就没有外国人像追风一样地学中国的独特艺术呢？譬如外国人有唱京剧的吗？有演奏二胡、唢呐的吗？有学国画、书法的吗？很少听说。只看到中国人热热闹闹地把莎士比亚等剧作家的作品搬上中国的舞台，却没有看到外国人演出《红楼梦》《霸王别姬》等中国剧目。这是为什么呢？难道中国的剧目就次于外国吗？中国的文学艺术不如外国吗？每念及此，总不禁为中国人叫屈。究其原因也可能是多方面的，譬如中国的文字比较难学、难写、难懂，外国人连中国的字都不会念、不会写，怎么来唱京剧、写书法？其实这说难也并不难。我看在中国的许多节目中，外国人讲中国话讲得好的有的是，加拿大人大山不仅中国话讲得非常好，还能说相声，其他会唱中国歌的外国人也不少，这都是充分的证明。我想，可能是我们现在还不够强大，如果我们很强大了，外国人不学中国的东西不行了，也就会很自然的吹起中国风，国际接轨的标准将由西方移到东方，这未尝不可能。

我觉得是不是可以在中国，或者在外国，开办一些专门的艺术学校，专门教外国人中国歌、中国乐器、京戏、中国画、中国书法等，或者在孔子学院里开设这类课程，招收外国学生，培养外国人

才，看看能不能吸引一些外国人。

　　"追风"和"狂热"是分不开的。追风的人必然狂热，狂热的人也会去追风，追风加狂热，这股风就更大了。但愿在追风和狂热中，不仅有中国追外国的，也要充分发掘中国自己的艺术特色，吸引外国人，让外国人来追中国的，让国际接轨不单纯地接外国的轨，也要接中国的轨，这不就更皆大欢喜了吗？

我本善良

举重若轻

　　举重若轻，按照字面的解释，就是举重的东西跟举轻的东西一样容易。初一想，这怎么可能呢？举十斤重的东西能和举一斤重的东西一样吗？不可能呀！但细一想，觉得这句话还真不能单从字面上来解释，而是要从它的内在含义来解释，这就是中国文字的奥妙。就像"胸有成竹""胸有城府"之类的词汇一样，它的内涵远远超过表面的文字。如果从这个层面来讲，那么"举重若轻"这个词还是可以理解的。

　　一是要认识到举重的东西是可以和举轻的东西一样做得到的。但是首先要能举轻的，然后才能举重的。连轻的东西都举不起，就想去举重的东西，这是不可能的，你连一斤重的东西都举不起来，还想举十斤重的东西呀！这不是痴人说梦吗？记得我下放农村时，很多农民和下放干部都能举起一百斤重的麻袋，但我身体瘦小，自知举不起，怕闪了腰，就只能告退，说我举不起。实事求是！不要硬碰硬撞，要知道自己几斤几两，知难而退嘛！我在农村干活，从来没有扛过一百斤重的麻袋，但我承认有人能够举得起，只是我举

不起罢了，不能认为我举不起，别人也举不起，我做不到的事别人也做不到。这是一个最基本的认识。

二是举重必先从举轻做起，循序渐进。只有你能举起了十斤、二十斤、五十斤、八十斤，然后才能举起一百斤。你能够举起一百斤，举十斤、二十斤重的东西就轻而易举，即所谓的举重若轻了。这使我联想到有一些人，连正楷都不会写，却想去写草书，连简单的事都做不好，却想去肩负重任，这山望那山高，天马行空，好高骛远，结果什么事都做不成。

三是要有信心，不要气馁。世界上有些事情，需要有极高的智慧或很大的力气才能做成，一般人是做不到的。但也并非全是如此。有些事看起来很难，但如果用积极的态度，慢慢学起来，锲而不舍，也未尝不能做到。俗话说：铁杆能够磨成针，这是砥砺一个人的耐心，磨炼一个人的意志的。在这里，成功不成功是次要的，做不做是主要的。凡事总归有一定的难度，人生的哲学应该是知难而上，而不是知难而退。你只看到一些成功人士的光环，但你看到他失败时的惨相了吗？没有一点毅力、没有一点信心的人，不要说大事，小事也做不成。

四是举得牢靠，才能放得扎实。即所谓的高高举起，轻轻放下。有一句名言叫做"你办事，我放心"，就是说这个人办事牢靠扎实，让人放心，这是为人处世的第一要义，不要像表演魔术或者一些赝品一样，看起来好看，但却是假的。人们愿意生活在脚踏实地的生活中，而不愿意生活在魔幻的世界中，就是这个理儿。

五是要有失败的准备。世界上没有只许成功、不许失败的事。失败是成功之母，没有失败就没有成功，这可以说是千古不易的真理。其实世界上成功的事只是极少数，而失败却是不计其数。人们往往只看到他的成功，对成功者顶礼膜拜，看不到人们的失败，对失败者不屑一顾，这是不公平的。失败和成功都是光荣的，所谓"虽败犹荣"，要有做好失败的准备呀！人总是有一个极限的，不可能永远第一，后浪推前浪，总有后来的人超过你。对于超过你的，要尊重他，爱护他，而不是嫉妒他，中伤他。

六是机遇和挑战并存。其实失败和成功并不是单靠个人的力量，而是有很大的客观因素。过去有的单位新来的领导总爱说一句话："只许成功，不许失败"，然而后来由于种种原因失败了，这不一定是由于他工作不努力，而是环境发生了变化，连他自己也保不住，还谈什么整个单位的工作。机遇和挑战并存，不是说我有了机遇就一定能做好一切工作，还要看到别人对你的挑战呀！道高一尺，魔高一丈。不是光凭自己的心愿就能做好工作，还要看客观环境能不能让你做好工作。虽有雄心壮志却无力回天的事也不少，不能以成败论英雄。

七是知己知彼，百战不殆。这是孙子兵法上讲的，打仗如此，做事何尝不是如此？凡做成一件事，必须了解自己，了解别人，避免搞重复劳动，无效劳动。只有知己知彼，才能取长补短，事半功倍。不了解外边的状况，自己两眼摸黑，走了许多弯路，事倍而功半，得不偿失，这是不可取的。

八是不要孤军奋战，而要群策群力。我国过去很强调这一点，认为集体胜于单干，所以出了一本书，办成了一件事，往往不署单个的名而是以集体的名义出现，这不能说全无道理。当然集体办事，也要有领军的呀！没有领军者也办不成事。所以既不能无视集体的力量，单看重个人的力量，也不能单看重个人的力量，抹杀集体的力量。该是集体的就是集体的，该是个人的就是个人的。混淆不分

不好，实事求是才好。

九是不要哗众取宠，为名为利。有一些人为了出名，破吉尼斯世界纪录，一个人吃几十碗饭呀，一个人拉一辆大卡车呀，耸人听闻，但这究竟有什么意义呢，我看不出来。有一档影视节目叫做"挑战不可能"，专挑一些高难度动作，像把人头浸在水里泡多少分钟呀，脚踏尖刀、钉板呀，等等，一般人做不到的，电视台生怕人家效法出事，还专门写出告示，叫人不要模仿。这类节目究竟有多大实际意义，谁能说得出来？说这是宣扬中国的传统文化，也未尝不可，但我总觉得实际意义不大。

十是不要单把"重"和"轻"的份量来作比较。重不一定比轻难举，轻不一定比重好举，你能举得起十斤重的东西，不一定能举得起一根羽毛。再说重不一定好于轻，轻不一定次于重。一个大胖子体重二百来斤，不见得就比一个一百二三十斤重的瘦子身体好，可能反而不如呢！轻和重其实是一种数量概念，各有各的用处。大木为梁，细木为桷（屋椽），盖房子光有梁没有桷也不行。机关枪、高射炮、飞机、轮船、坦克、火车、汽车、马车和陆军、空军、海军各有各的用处，不能说哪一种好，哪一种就不好。不能说当部长就重要，当科员就不重要，没有科员哪来的部长，各就各位，各施所长，才能相得益彰呀！

看来，举重若轻说起来容易，做起来并不容易，但也并不是不能做到的，关键是人，所以说"以人为本"。

人会不会越变越懒越蠢

现代科学技术突飞猛进，日新月异，各种信息传递快速，服务上门方便群众，人们不出门能知天下事，不动手能购万种物，不写字能通千封信，不用款能付各种费，凡此等等。总之，你坐在那儿，什么也不用干，只需要点击几下，打一个电话，就有人上门把东西送到你手里，真是做到了饭来张口，衣来伸手啦！

可能有人会认为，这样下去，是不是会使人们不爱劳动，只知享受，使人变得懒了、蠢了呢？

这种担心，不是没有道理的。

什么叫"劳动"？按照一般词典上的解释，劳动是人类创造物质财富或精神财富的活动，包括体力劳动和脑力劳动，或者专指体力劳动。过去不是说"不劳动者不得食"吗？现在你什么也不用干，就能得到你想要的东西，不是违反了不劳动者不得食的规律吗？而且这确实容易造成一些人不爱劳动，只知享受，一副大老爷、小少爷的样子，久而久之，真的会变得又懒又蠢啦！

那么是不是说，科学技术发展得太快了，人们就会越变越懒越

蠢了呢？绝不是的。事实上科学技术的发展不是使人变得越懒越蠢，而是变得越勤奋越聪明了。

首先，从提供这些方便快捷的一方来说，正是这些人的勤奋劳动，才能使人有这样的享受，这是人们智力劳动、创造性劳动的重大贡献。试问如果没有人的这些劳动，没有人发挥聪明智慧，你能享受到这些方便和快捷吗？不可能呀！所以这绝对是一种社会的进步，也可以说是供给侧改革服务性方面的一种体现。

再从得到这些享受者来说，他们在日常生活中得到这样那样的快捷方便，就可以省出许多时间，把主要精力放在开拓和创新的事业上，为人类创造更多的财富。他们在体力劳动上的时间也许花的少了，而在脑力的支出上就会增多，他们必然会变得更加勤奋和聪慧，而不是懒惰和愚蠢。所以将来体力劳动方面是要减少一些，而脑力劳动则要相应增加，这也自然会引导社会的进步，而不是倒退。

科学技术的进步，确实会使一些人变得懒惰和愚蠢起来。这些人首先是思想上的懒汉，他们什么也不想，什么也不干，既不搞体力劳动，也不搞脑力劳动。他们觉得天上会掉下馅饼来，他们想的是工作尽量少少的，而享受是多多的，不劳而获，坐享其成，成为一群真正的懒汉。这些人必然会思想枯竭，游手好闲，创造不出财富来，成为一只寄生虫，那么他们就会逐渐丧失其社会功能，享受不到方便快捷的优厚待遇，最终就会被社会淘汰啦！

人机大战谁胜谁

机器人：一种自动机械，由计算机操控，具有一定的人工智能，能代替人做某些工作。

开始时，机器人能做的事还比较少，只是人叫它做什么，它就做什么。随着科学技术的发展，特别是计算机技术的发展，机器人的功能越来越大，能代替人做很多事情。有些事情甚至超过人的智慧，例如机器人和真人对弈围棋，机器人还赢了真人，不仅是一次碰巧，而且是很多次。

事实的发展远不止此。据科学家的认识：人工智能可以拥有自我意识，机器人与人类的情感互动很快就可以发生，人工智能可以自行产生思维，机器人还有很大的潜力可以发挥。有人指出：虚拟现实、人工智能、无人驾驶车辆、通过互联网互相连接的各项智能设备、智能手机遥控我们生活中的一切，一项一项都会付诸现实，未来社会唯一多余的似乎就是人了。这似乎是危言耸听，却都会是事实，而且有的现在已经是事实了。据人类学家分析：人类每天的工作可分为两部分，一部分是做重复的工作，约占90％的时间；另

一部分则是做的创造性工作，约占 10% 的时间，这 90% 的重复性工作都有可能被人工智能所取代。

照此说来，那么人工智能、机器人可以代替人类，人类将会被消灭了啊！这其实是不会的。最根本的一条，所谓机器人、人工智能，还是人制造出来的，"人工智能"正是体现了人的智能，没有人还能有机器人吗？还能有人工智能吗？没有了呀！所以我们根本就不用担心机器人消灭真人，人工智能代替一切。

科学技术是一把双刃剑，它既可以造福人类，又可以伤害人类，问题是人应该以什么态度来指引科学，对待机器。美国苹果公司的一位首席执行官蒂姆·库克的一次发言倒是令人深思。他在一次对哈佛大学毕业生的讲话中指出："科学如果不以人类的基本价值观和帮助他人的愿望为动机，那将一文不值。"人们要不断地寻找把科学技术与人文精神和同情心结合在一起的途径。他说他并不担心人工智能会让计算机获得人类一样的思考能力，"我更担心的是人类会像计算机那样，进行没有价值观，没有同情心，或者不计后果的思考，这是我们需要共同帮助避免的。"这就是说：科学技术的发展是必然的，科学改变了人类的生活，但是科技必须在人们的控制下，按照人类的意志发展，机器为人类服务，这样的科技发展才是无限的，才是正能量的。人工智能不能完全代替人，只是把人从繁重的体力劳动中解放出来从事更有创造性的工作而已。人工智能不能把人变得更懒，而是变得更勤奋，更聪明，更有创造性。科学技术掌握在人的手里，离开了人类的正确思维，其他一切都免谈。这也是"以人为本"的基本含义吧！

四、感悟

民告官，官告官

近些年，报纸和电视节目中，不时地报道了民告官的新闻，都是真人真事，民取得了胜诉，看了不禁令人感慨万分。

自古以来，只听说官告民，没有听说有民告官的，现在出了民告官，真是非常新鲜。民告官肯定是民对官处理的事情不公平，不服气，但过去只能忍气吞声，而现在竟然可以告官了，这不能不说是民主的一个重大体现。

河南项城有一个农民叫李桂英，她和丈夫外出归家时遇到凶险，丈夫被打死，自己也负伤在医院住了十几天。她出院后才知道丈夫死了，随即报警。这是一件大案，当地公安部门本应大力彻查，然而公安部门在这件案子上没有使大劲，任凭案犯逍遥法外。真正的罪犯作案后改名换姓，改了出生年月，换了第二代身份证，甚至还结婚生了个娃娃。那农妇李桂英为了追查凶犯，要求公安部门派人外出追捕，未果，就自己出去追踪。在当地公安部门协助下缉拿了三个凶犯，由那个凶犯指认报警又抓捕了一个凶犯，还剩下一个凶犯，看来这是几个人共同作的案。李桂英在忍无可忍的情况下找到

了媒体。项城公安局只用 17 天就抓到了那个漏网的罪犯。报道说，公安部门只花 17 天就抓到了罪犯，而那个农妇花了 17 年的时间去追踪抓捕罪犯，可以想见农妇所遭受的困难和痛苦。项城公安部门说：我们公安局人手少，还有另外的盗窃和盗墓等大案要办，所以对这个案件疏忽了，也承认办案过程中有漏洞。公安局相关人员为此受到了上级的处分。

公安部门是保护人民的生命财产安全的。项城这一次五个凶犯杀死了一个人，打伤了一个人，不可谓不是一件大案，怎么能这样漫不经心，不抓紧认真办理呢？难怪被害人求诸媒体，实际上是把公安部门告了一状，所谓民告官，就是这样发生的。

有的公安部门为了求得加速破案，对犯罪嫌疑人屈打成招，以致造成冤案的，也屡有出现。有的地方甚至由于错判，对"犯罪者"已经处死，后来竟然有人承认是他杀的，加上"罪犯"家属不断上告，把这个案件整个翻了过来，但误判的"犯人"已死，死了不能再活过来了，即使公安部门对冤死者做再多的赔偿，这个家庭所遭受的痛苦也不能够平复！

我国公安部门在保卫国家、人民生命财产安全等方面是做了许多工作的，他们的工作很辛苦，功德无量，我一直是十分钦佩、爱戴公安部门的。我这里举了公安部门的例子，只是取了现成的材料而已，都是报纸、电视台上公布了的，并不是只对公安部门说的。我写这事的意思是想说明"民告官"的重大意义，是破天荒的。媒体也起了重大的作用。这是一种历史性的改变，其重要意义怎么说也不为过。

只有承认错误，才能改正错误。一个政府、一个单位的工作之所以做得好，就是在不断的改正错误中获得的。民告官，就是官在人民群众的监督下办事，这是一件好事，不是坏事。当官的要听得进不同意见，允许民告官才行。如果等到官逼民反就不好了。

除了民告官以外，还有官告官的。某检察署状告某地区政府没有履行职责。法院受理了，开庭审讯，区政府主要负责人出庭应审。这也是近些年才出现的新闻，不要以为这事很平常，人们还觉得新鲜呢！这终究是体现了一种民意。

守株待兔

　　有一个农民坐在田埂上，忽然看见一只兔子跑过来，一不小心撞在一棵树根上，死了。农民大喜过望，急忙把兔子拣了起来，一直坐在那里，想等第二只、第三只兔子跑过来，触株而死，他又可以再拣几只兔子了。可是第二只兔子再也没有来，一连等了几天也没有兔子跑来。他这几天田也不种了，其他活也不干了，专门等兔子来撞株，结果当然是落了个空。

　　这当然是一则寓言故事，不是说这个农民笨，而是说这个农民懒，妄想不劳而获呀！其实，"懒"何止是守株待兔，有多种多样的表现形式。日上三竿不起床，躺在床上舒服，这叫懒惰；游手好闲，不务正业，这叫懒散；只想升官，不想负责，这叫懒官；只想发财，不肯付出劳动，这叫懒人。凡此等等，都是懒的表现。请问世界上有这么懒而升官、发财、致富的吗？恐怕没有吧！

　　"懒"大体上有两种表现，一种是脑子懒，一种是手脚懒。脑子懒的人不动脑子，人云亦云，没有主意，一听说干什么可以发财，就不分青红皂白地去干，结果是被人拉下水，做了犯法乱纪的事情，还不知道自己是怎么犯的法呢！手脚懒的人好逸恶劳，以为天上能掉下馅饼来，不劳动就能改善生活，饭来张口，衣来伸手，四体不勤，五谷不分，只想靠买彩票、买股票、赌钱来发财致富。这山望着那山高，总觉得别的地方比我这里好，动辄跳槽，朝三暮四，结果什么也没有干成，只有向隅而泣而已。

俗话说：不怕笨，只怕懒。笨鸟先飞，我笨，我就先起飞，总还能够达到目的地。有的人做一次就行，有的人做一次不行，做两次、三次、八次、十次、一百次、一千次，终于也做成了。有的人在小时候不读书，逃学，和一些狐朋狗友出来混，任意地玩游戏机、上网、赌博、喝酒、吸毒、偷盗，结果身陷囹圄。

上天对所有的人都一视同仁，没有区分。厚是一样的厚，薄是一样的薄，不会对你厚三分，对他薄三分，天道酬勤，勤能补拙。机会与挑战并存。你掌握住机遇了，你就能迎接挑战，你掌握不住机遇，你就迎接不了挑战，而机遇总是给予勤奋者的。或者可以说：勤奋就是机遇。好逸恶劳者怎么能掌握机遇？

不是上天或者别人对你不公平，是你自己对自己不公平。

守株待兔也是一种墨守成规、不思创新的表现。享现成容易，创新难呀！其实享现成也并不容易，坐吃山空，哪有那么多现成给你享？光享现成，不想创新，你就要落后，终将一事无成，无以生存。

破镜重圆和破镜难圆

　　破碎了的镜子难以重圆呀！但历史上有破镜重圆的故事。说的是南朝陈国将亡时，驸马徐德言预料妻子乐昌公主将会被人掳去，就把一面铜镜破成两半，和妻子各执一半，相约有朝一日，夫妻二人能够重见，就各以半面镜子为证。其后，陈亡，乐昌公主为隋大臣杨素所有。公主的半面镜子流落到市场上，徐德言虽然发现了这半面镜子，却没有见到公主本人，见物伤感。杨素知道了这件事后，就让公主与徐德言重新相聚，一起回到江南终老一生。后来人们就以夫妻失散或离婚后重又团聚，叫作"破镜重圆"。

　　已经破碎了的镜子是不能再圆了，上面说的这件事情只不过是一个自圆其说的故事罢了。即使圆了，也受到伤害啦！

　　徐德言和乐昌公主的分离并不是他们自己造成的，而是外面势力强加的。可是在实际生活中由于自己的原因而造成的破镜不知有多少呀！

　　就说夫妻离婚吧！男女二人一旦结婚成为夫妻，总是有感情的吧！甚至已经有了子女。一日夫妻百日恩呀！都是自由恋爱结婚，又不是过去那种父母之命、媒妁之言的包办婚姻，为什么就不能继续下去了呢？有一些小夫妻闹离婚，并不是什么大事，大多是一些芝麻米粒的小事。一言不合，反唇相讥，各不相让，终至反目。其实有不同意见并不可怕，而在于能互相理解，互相谅解，开诚布公，直言规劝，是不难化解的。现在社会上出现了一种新的行业，叫做劝解，两个人发生了纠纷（不只是夫妻，包括整个家庭），有关方面派人去调解，往往能够成功，重归于好。可见即使有了裂痕，也并不是不能弥合的。许多事情合则两利，分则两败俱伤。夫妻分离伤害最大的是孩子，孩子没有了父亲或者母亲，就缺少照顾、关爱、教育，必然会影响健康成长，对孩子、对家长、对社会、对国家都不利呀！听说现在年轻夫妻离婚的不少，而且有愈来愈多的趋势。首先要问一问这种状况正常吗？既有今日，何必当初？西方男女在结婚时，主婚人都要问一问：你爱他（她）吗？你愿意和他（她）生活一辈子吗？男女双方都会说愿意。何以这么快就改变了呢？我不是说所有的离婚都不应该，要杜绝离婚，不是这个意思，离婚只是在最不得已的情况下采取的最不得已的措施。绝对不应该也不必要为了一点小事就反目成仇，而且还冠冕堂皇地说几句漂亮话，说什么我们离婚后还是好朋友，这不是自欺欺人，故作姿态吗？其实这一类的离婚，基础并不牢靠，过了一段时间，有了一些经历，觉得还是原来的妻子或丈夫好，又有点后悔，又想复婚，这不是又一次的既有今日、何必当初吗？

再说家庭吧！无非就是父母、子女、兄弟、叔伯、姐妹。社会舆论说：过去规定一家只生一个孩子，孩子从小到大没有兄弟姐妹，将来也没有叔伯姑嫂，多孤独呀！但一旦有了这么多人，应该高兴了吧！却又产生了许多无谓的纠纷，主要是产生在偏爱和财产分割

上。父亲爱哥哥，不爱我；父亲的财产分给他多了，分给我少了；父母的赡养无人负责，你推我，我推你，对父母的赡养费付不出，对自己的孩子却从不吝啬，凡此等等，不一而足。这在报章、电视上已屡见不鲜。有的甚至上了法庭，父母的尸骨未寒，而家庭的裂痕已起，纵然最后法庭作了判决，谁都不会满意，破镜难圆呀！

还有那社会上的各种关系，例如师生、朋友、上下级之间关系的破裂，突出地表现在"文化大革命"中。季羡林写的《牛棚杂忆》，记述了许多他原来的学生，得意门生，自己曾经悉心栽培过、寄予厚望的人，却一旦反目，不分青红皂白地对老师狠批狠斗。他们并没有经过深入的调查研究，没有掌握什么证据，只是道听途说，"合理推断"，就认为老师有问题。虽说后来都平反了，可是造成的心理隔阂还不是像一面镜子破碎了那样难以重圆吗？有的学生后来经过反省，向他的老师、朋友道歉，老师也不再追究，但是那受到伤害的心能够那么快就平复吗？已经破碎了的镜子还能重圆吗？给社会造成的影响还能挽回吗？恐怕不是短时间能够恢复的吧！

人活在这个世界上需要的是理智，又需要感情。理智从认识上维系人们的关系，感情从情爱上联结人们的关系，有了感情又有理智，才不至于一时感情冲动，做出不符合人类道德的事情来。

破镜可以重圆，破镜也难重圆呀！要珍惜那面完整的镜子，即使这面镜子已经老了，旧了，但还是圆的。完整的总比破碎的好。

龟兔赛跑

龟兔赛跑是一则伊索寓言上的故事，家喻户晓，老少皆知。

兔子是一种哺乳类动物，前肢比后肢短，善于跳跃，跑得快。乌龟是一种爬行类动物，身上有硬壳，所以显得沉重，爬得慢。兔子和乌龟赛跑，那毫无疑问，当然是兔子跑得快啰！但是这个龟兔赛跑的故事告诉人们，不是兔子先跑到目的地，而是乌龟先到目的地的，正好和人们设想的相反。

兔子跑得快，这是它的优势，但是跑得快，不一定先跑到头，而是跑得慢的先到头，这说奇怪也奇怪，说不奇怪，一点也不奇怪。

兔子比乌龟后到目的地，这是出于人们意料之外的，所以说奇怪。但是进一步问一问，兔子为什么比乌龟后跑到头呢？原来它中途停顿了一下，睡着了，而乌龟则一刻不停地爬，等到兔子醒来，乌龟已经快到目的地了，兔子再赶也赶不上了，所以它就跑在乌龟后面了，这有什么好奇怪的呢！

这个故事告诉人们：不要想当然。你以为是这样的，不一定就这样，你以为不是这样的，不一定就不是这样。这是因为世界上的

事物千变万化，不是以人的意志为转移的。世界上照例的事情很多，破例的事情也很多。照例的事情有原因，破例的事情也有原因。照例的事情比较好理解，而破例的事情往往不好理解，需要人们去研究掌握它的发展变化。

一是要研究心理状态。这里兔子的心理状态显然是骄傲了：我兔子是跳跃动物，跳一步比你乌龟爬十步还快呢？老子天下第一，你想跑在我前头吗？没有门。我兔子睡一觉还比你先到头。于是它真的睡着了，这一睡不要紧，它就停顿了。你兔子跑得快，不错，但你不跑，在原地一步也没有走，你能比乌龟跑得快吗？显然不能，于是你就落后了。

二是外来因素的影响。譬如说，假如半路上下雨了呢？乌龟适宜在水中跑路，而兔子不适宜。或者突然刮起了风，阻挡了兔子前进的速度，而乌龟则不受影响。再譬如兔子陶醉在人们的叫好吆喝声中，正在左顾右盼，洋洋得意，自我欣赏，从而减慢了速度。而乌龟则不闻不问，我行我素，不受干扰，能够正常行进。外来因素不能小看呀！

三是有备和无备。乌龟知道要比赛，它吃得饱饱的，事前已经准备充足，而且试跑了好几次，这条道比较熟悉，有备无患呀！而兔子呢，刚跟同类吵过架，气还没有消，没有好好地吃饭，肚子还饿着呢，仓促上阵，还真有点不适应。路上有一点坑坑洼洼的，还兀自埋怨呢？一个有备而来，一个准备不足，成功归于有备而来者。

四是知己不知彼。兔子只知道自己跑得快，是优点，但它跑不远，它不知道乌龟也有优点，如耐性好，能跑远路。这次赛跑有2000米，乌龟是靠耐性跑到了头，而兔子跑了一段累了，速度自然就降下来。以自己的优点来比别人的缺点，自然就心满意足，而没有想到以自己的缺点来看待别人的优点呀！

其实，成功与失败是人生常事，没有常胜将军，人生总有失误。失误并不要紧，而骄傲自满可能会毁了一个人。不要以为老子天下第一，知己知彼，才能百战不殆。兵书上说的，只知己，不知彼，胜负各半；只知彼，不知己，不能稳操胜券；知己知彼，才有获胜的把握。

要了解自己，了解对方，总结经验，找出失败的原因。楚霸王被困垓下，拔剑自刎前，长叹道：这是天亡我也。他不认识自己战略战术上的失误，而怪起天来，可见他并没有很好地总结经验，他的失败也是很自然的了。

龟兔赛跑如此，人类做每一件事也都是如此。

四、感悟

两个社会两重天

　　夏衍在 20 世纪 30 年代写的《包身工》一文，令人震惊，我读了也久久不能平静。作者在文中以极大的同情心，翔实的第一手材料，深刻地揭露、批判、鞭笞资本家、包工头对包身工的残酷盘剥和包身工所过的非人生活。一个十几岁的女孩子，在"包身契"上画了个"十"字以后，就被包工头诱骗到十里洋场，进入了杀人工场，成了没有锁链的奴隶。她们吃的是猪狗食，住的是鸽子窝，早上四点多一点就被轰起来、踢起来，像赶猪猡一样赶往工厂，从事各种繁重的体力劳动。她们每天平均要吸入 0.5 克的灰尘。在强大的噪声和高湿气等极其恶劣的环境中，每天从事 12 个小时以上的强劳动。这些人能够做满三年合同的不到三分之二，许多人早早地便夭折了。这些工人的手脚像芦柴棒一般的瘦，身体像弓一样的弯，面色像死人一般的惨，咳着、喘着、淌着冷汗，还是被逼着在做工。东洋厂长、包工头正是吸食她们的血汗养肥了自己：纱厂的锭子不断地扩大，纱厂、织厂成倍地增加，包工头放债、买田、起屋，开起茶楼、浴室，包身工成了他们发财致富的提款机。作者愤怒地指出东洋厂每一个锭子上面，都附托着一个中国奴隶的冤魂！

八九十年过去了，让我们来看看现在十四五岁的孩子们，他们在干什么呢？他们在现代化的教学大楼里学习科学知识，在实验室里做化学、物理实验；在音乐教室里，在老师钢琴伴奏下大声地歌唱；在操场上做操、踢足球。中午，享受着学校为他们准备的三菜一汤的营养餐。很多孩子，恐怕连挨饿是什么滋味都不知道吧！爸爸、妈妈唯恐孩子营养不良，还要买这个营养品、那个保健品，给他们补身体。每年六月的两天是高考的日子，当地政府规定，一切给高考让路：建筑工地停工；绞盘机停开；考生凭准考证可走地铁绿色通道；途经高考点的公交线路在考试时段甩站绕行……一切的一切，都是为着孩子们能够安安静静地考好试。看着报载市政府的数次通告，我马上想起八九十年前包身工们悲惨的生活，深深地感受到，真是两个社会两重天哪！

孩子们，你们要学会感恩！要感谢父母、老师，更要感谢我们的祖国、人民和伟大的中国共产党！

中山狼

中山狼是一本同名小说中描绘的艺术形象。说的是战国时赵简子在中山打猎，有一条狼被追逐甚急，碰巧遇到东郭先生，狼乞求庇护，得以脱险。危机一过，狼就露出本性，恩将仇报，想吃掉东郭先生。

世界上狼的名声似乎不是太好。除了上面说的中山狼的故事以外，还有什么狼狈为奸呀，披着羊皮的狼呀，等等。看来狼这种野兽不受欢迎。这倒不是狼本身有什么问题，而是一种天性，它性情凶暴、狡猾，常常成群出来袭击野生动物和家禽、牲畜等，当然也会吃人。

我救了你，你还要咬我呀！这不是忘恩负义吗？其实狼咬人这是狼的本性，野兽总要咬人，它知道什么忘恩负义不忘恩负义，只有人才有所谓的忘恩负义，这里是借狼说事罢了。

中山狼这个故事，让人联想翩翩。

一是施恩并不是为了图报呀！东郭先生去救一只狼，难道他想从狼那里得到什么回报吗？不是的。他去救狼只是看到狼遭到了危险，它也是一条生命呀，不要无端受戮呀，于是就救它了。这并不是他的过错，而狼终究是狼，缺乏一点人性罢了。一个人看见一个孩子快要掉到井里去了，义无反顾地去拉他一把，使这孩子脱离危险，当他伸出援救之手的时候，难道会想到这孩子的母亲将来会感谢他吗？没有呀，他一点也没有想到这些，他只是出于一种人类的本能，一种道德的本能。

可是现代社会是商品社会，什么事情都讲报酬，即所谓的有偿劳动，有偿服务，我为你服了务，理应取得报酬呀！你不给报酬，我不为你服务。听说有的地方有一种专门从事打捞工作的人。有人掉到河里去了，已经溺死了，家属自己不能去捞尸，就请人去捞尸，而这些专门从事打捞的人就跟他讲价钱，把尸体拉上来要交多少钱！啊，捞一个尸体也要交钱呀？对！这是一种交易，不是一种道义，他们是靠捞尸维持生活的。有偿服务成为一种交易就与道义无关了，这是商品社会的一种常态。

二是知恩图报。滴水之恩必将涌泉相报。我在最困难的时候有人给了我一杯水，解了我的渴，救了我的性命。假如当时没有这一杯水，我可能已经渴死了，没有我的今天了，他有恩于我，我怎么能忘记他呢？于是他会时时刻刻想着这个恩人。以后见到了，他即使只说一声谢谢，也是一种报恩；也许他以后永远也见不到这个送水的人，但是他的内心也是十分感激那个送水的人的，而那个送水给他喝的人并不在乎这个。这样的一种关系怎不令人感动！

三是以怨报德，恩将仇报。当前最广为传播的莫不就是老人摔倒了扶不扶。一个人去扶起摔倒的老人，却被老人反咬一口，说是这个人撞倒的，弄得这个人好心没有好报，以后谁还去扶摔倒的老人了呢？这个事的影响非常之大，甚至引起了社会的大讨论。究竟

四、感悟

要不要去扶起摔倒的老人，这本来是一件非常平常的事，却变成了一件非常复杂、纠缠不清的事情。这类反咬一口的人，他的良知哪里去了？这和敲诈勒索有什么不同？一粒老鼠屎，坏了一锅粥，其危害怎么说也不为过。这里姑且不去讨论以后还要不要救人扶人的问题，只是说这种忘恩负义、以怨报德的危害性有多大。就这么一件事，已经造成社会这么大的影响，沸沸扬扬，莫衷一是，如果社会上的人都是这样，这将会是一个什么样的社会呢！

四是以德报怨。你曾经伤害过我，但我并不计较，而是原谅了你，并且根据实际情况，信任你，重用你。最突出的例子要算战国时期先前流亡在外的公子小白，后来成为国王的齐桓公了。公子小白曾被管仲射了一箭，几乎丧命，但是公子小白谅解了管仲，认为这也不过是各事其主罢了，不仅饶恕了管仲，而且重用管仲。管仲相齐桓公，长期称霸天下，建立了不朽的功绩。

五是以怨报怨。历史上他们或者他们的国家曾经侵犯过我或我的国家，我一直记恨在心，这口气不出我不甘心。已经过去几百年、上千年了，我还一直怀恨在心，时刻想着要报复。唉，难道祖宗办了坏事，要后辈来负责吗？前辈人吃了亏，受了损失，要后辈来报复吗？你报复成功了，对方也想要报复了，你没有报复成功，就不断地想报复，这样的冤冤相报何时能了？遭受损失的不是你和我，而是双方的人民、双方的国家呀！互谅互让，退一步海阔天空；互不相让，进一步两败俱伤。

人世沧桑，历史不能重演，各人所做的事由各人自己负责，后人不负责，只是要接受过去的教训，承认错误，以后不再重犯就是了。着眼于未来，着眼于当前，着眼于友好，着眼于修复，我们的世界才有前途，否则不光是自己拼光了，国家、民族也拼光了，这世界还能有什么呢？

当然，上面说的都是一些关乎国家、民族、社会的大事，对于我们每一个人来说是不是也有这个问题呢？我们在所遇的一些恩怨问题上，究竟是采取一种什么样的态度，我们是不是也可以反思一下呢？人跟中山狼总是要有所区别呀！

能上能下

中共中央办公厅印发了《推进领导干部能上能下若干规定（试行）》的文件，北京等不少城市也陆续推出了贯彻这个规定的《实施办法》。不要小看了这件事，这是第一等的大事，这是打破几千年来当官的只能升、不能降的陋习的一项十分重要的措施，也和过去封建王朝任意贬谪官员的内涵迥然不同。不是说划时代吗？这就是划时代。

想当官的人一般都有以下情结：

一是获得晋升之阶。做官都是从小官升到大官，不可能一步登天，一开始就当大官，大官是由小官做起来的。从大官降为小官，实际就是断了为官之路，跟他本来的意愿相悖，谁也不愿意。范进中了举人，以为就可以有官做了，喜欢得发了疯。

二是荣辱观念。自古以来，升官就被认为是上级信任，官做得好，光荣。只有犯了"错误"的才被谪贬，历来如此。升荣降辱的观念在官民中间已经根深蒂固。

三是一人做官，鸡犬升天。裙带风，一人威风大家威风。其实，皇帝还有草鞋亲呢！古代外戚风害人不浅，杨玉环当了贵妃，他的哥哥杨国忠就能当宰相，杨国忠要是没有这个当贵妃的妹妹，他到哪儿去当宰相呀！这类事例成千上万。

四是摆架子。当了大官的外出视察，前呼后拥，左右逢源，开会台上坐。一旦下了台，不在位了，坐在台下了，有的人还满肚子委屈呢！

五是有权势。当官的一言九鼎：我说了算！你说东，人家不敢说西；你说南，人家不敢说北。对了，是我当官的领导有方；做错了，是办事人的责任。里外横竖都是我对，只许州官放火，不许百姓点灯。

六是有名有利。人情往来，吃喝玩乐，游山玩水，常常见报，声名大震。

七是多人侍候，受人尊敬。战国时公仪休当上了鲁国的宰相，他喜欢吃鱼，大家都送鱼来，他谢绝了，说：我自己可以买鱼，不用你们送。吃了人家的嘴软，拿了人家的手短，以后不好办事，"恃人不如自恃"，靠别人不如靠自己。这位公仪休是一位聪明人，既保全了自己，也挽救了别人。

八是人情冷暖。你在位时人家天天来侍候你，吹捧你，门庭若市；你一旦离职，就没有人上你的门了，门可罗雀。当官不当官两重天。人走茶凉啦！

九是官大薪俸自然高，福利待遇高，谁不羡慕呀！

十是吆五喝六，人情往来，我托人办事，人托我办事，都好办事，化公为私，公私兼顾，公私两利。

从上面所举几个例子，就可以看出做官有那么大的好处，谁不是寅缘以求，不顾一切地去争官做呢？

中央关于《推进领导干部能上能下若干规定（试行）》，给予当官的人很多启示：

一是要坚决贯彻执行上级的方针政策，不能自搞一套，我行我素。你不很好地贯彻执行上级的政策，甚至违法犯纪，损害人民的利益，你还能在这个岗位上吗？不能呀，就只能让你挪挪位置了。

二是要弄清楚当官究竟是为什么的？当官不是晋升的阶梯，不是升官发财的途径，当官是为人民服务，当官是要为人民做事的。古代老百姓把县官称作父母官，人民把当官的当作自己的父母。父母就要养育自己的子女，替子女办事，负起父母的责任来呀！所以说当官是一种责任，当官是为了大众，而不是谋私，明白了这一点，你才能去做官；不明白这一点，你没有资格去当官。

三是当官是一件苦差事。老百姓的事千千万，吃喝拉撒，生病就医，事事都是人命关天的，你当官的认为是一桩小事，但老百姓认为是一件大事，所谓老百姓的事无小事，柴米油盐无小事。今年丰年，你要想到积谷备荒，不能把粮食挥霍浪费掉。今年荒年，你要想办法搞救济，让老百姓度过荒年。治安不好，当官的需要整顿吏治，保护老百姓的安全。学校不够，你要想办法增设学校，增添设备，增聘教师。凡此等等，何止千万，你成天不休息都忙不过来，哪还有什么吃花酒、灯红酒绿的闲情逸致？

四是当官的靠的是死工资，发不了财。古代有些清官，一贫如洗，临死的时候家里连棺材都买不起。

五是当官的要有高尚的品德。主要的是他要能公私分明，是非分明，秉公忘私，依法办事，决不能徇私情，乱作为，假公济私；善于决策，对于突发事件要明辨是非，当机立断，不能拖延误断，造成更大的损失。

　　六是当官的要善于用人。任何事情都不是一个人或少数几个人说了算的。你任用好人，实际就是做成好官的一大半，因为好人能帮你办事，能起到事半功倍的作用。任用坏人，这些人在下面为非作歹，非但帮不了上级的忙，反而给上级添乱，人民的眼睛盯着你看，你逃避不了这个责任呀！不任用私人，不搞裙带风，以身作则。

　　七是当官的重任在肩，要有较好的身体条件。你身体不好，你就负不起这个责任，常常卧病在床或者住进医院，你能对你的工作进行遥控吗？不能呀，不能占着茅坑不拉屎，尸位素餐。做官的要监督别人，也要受到别人监督。

　　八是要深刻理解能上能下的重大意义。能者上，庸者下，有多大才能做多大的官，办多大的事。你只有三分才能，要承担七分的事，是绝对担当不起的。不要妒贤忌能，让有相应能力的人去办事；为了人民的福祉，要认清形势。过去说：外行能够领导内行。现在科学日新月异，你不懂还真领导不起来，人家问你，一问三不知，你当什么领导。在这种情况下你及时退位，让内行、专家上，发挥他们的才能，这是理所当然的。并不是说你因为犯了错误才退下来，不是荣辱问题，因为工作的需要呀！

　　九是不要为官不作为。凡事敷衍应付，不求有功，但求无过，得过且过要不得。需知为官不为，也是一种变相的腐败。

　　十是不要当裸官。为自己下台后做准备，在职时就把自己的老婆、孩子送到外国去，财产也弄到外国去，自己一等退休，或犯了错，就溜之大吉，到外国去当寓公。这种人实际不是做官，是在混日子呀！

　　中央在作出干部能上能下的规定时也提出了许多具体措施，不是动不动就撤职、下调，有一点错误就不予重用，弄得当官的动辄

得咎，不知怎么才好。而是允许犯错误，采取诫勉、批评等多种方式，促其改正错误。领导干部能上能下的政策，如果能够执行得好，真是造福人民呀！

恒河和沙粒

　　《金刚经》中有这样一段记载，是释迦牟尼佛和他的弟子须菩提的对话。佛问须菩提："你认为恒河中的沙粒多不多？"须菩提说："多呀！"佛说："恒河中的沙粒多得数不清，如果用沙粒再制造出一条恒河来，那该要多少沙粒呀！善男信女们以七彩珍宝来布施这个世界，他们为大众积聚了福德，也为自己积聚了福德。"

　　通常，人们对此的理解是：无数颗的沙粒制造出伟大的恒河，恒河和沙粒是永远分不开的，少了哪个都不行。没有沙粒就构不成恒河，沙粒在培育出恒河的同时也显示了自己，沙粒和恒河同样伟大。

　　释迦牟尼佛讲这个话的意思，恐怕远远不只是说的沙粒和恒河，而是指的人类和世界。沙粒譬喻人类，恒河譬喻世界，人类和世界是息息相关，密不可分的，人们往往只看到恒河的伟大，却看不到沙粒的伟大，甚至忘掉了沙粒的存在，这是不公平的。然而沙粒自己却并不是这样看的。它贡献了自身，却从不夸耀自己，它的伟大甚至超过了恒河本身。

沙粒的伟大也许是无意识的，然而人是有意识的。人类在这个大千世界上作出了伟大的贡献，他一定意识到自己对这个世界所起的作用，因而他会骄傲自大起来，觉得似乎没有自己就没有这个世界。说的也不错，但似乎还嫌不够。

不要把个人的力量看得太大了。如果只有一粒沙子，是构不成恒河的，只有无数粒的沙子才能构成恒河。人同样是这样，一个人构造不起一个世界，无数个人的力量才能构造成这个世界呀！独木不能成林，一花不能成园，森林是由许多树木构成的，百花齐放才能构成一个美丽的大花园，不是吗？

只有集体的力量才是强大的，一个人的力量是微不足道的。一根筷子是容易被折断的，而十双筷子就不容易被折断。群众、群众，就是集体的人，群众是由许许多多个人聚集而成，没有个人就没有群众，没有群众也没有个人，人不能离群索居，只有依靠群众才能生存。集腋才能成裘，一根狐狸的毛构不成什么，团结才是力量。

每个人由于他的天赋和客观条件不同，他的贡献也有大有小。一个人的贡献不是看你做了多少，而是看你是否尽力了。你能挑一百斤，我只能挑八十斤，大家能尽自己的力量挑担就好，就是作出了同样的贡献。如果你能挑一百斤而只挑三十斤，你就没有尽力，能说你的贡献大吗？不能吧！

贡献大的不要骄傲，贡献小的不要自馁。贡献大的要尽量多作贡献，贡献小的要挺起腰杆，尽力而为，不自暴自弃。贡献大的不要养尊处优，躺在自己的功劳簿上让人家来歌功颂德，贡献小的也不要事事依靠别人，依赖别人。不是有许多残疾人用自己残缺的身体来做一般人做不到的事情而赢得人们的尊敬吗？看一看残疾人运动会上残疾运动员高昂的斗志，难道觉得自己一个健壮的人有什么可以骄傲的吗？沙粒似乎懂得这些，它们静静地躺在河里，安然自得，显示出它们特有的高昂，何况人呢！

不与人争，和平相处，和谐共处。合则互利，斗则俱伤。你能得到的东西，自然会得到；你得不到的东西，你争也得不到。名誉是人家给你的，不是争得来的，要是能争得到，大家就都去争啦。这个道理虽然很简单，但大家不一定都很明白，所谓的利令智昏，再聪明的人也会变得昏头昏脑，成天琢磨着有你无我，有我无你，你争我夺，拼个你死我活。这类事情现在还少呀？如果这件事情想明白了，世界上的不义之争、劳民伤财的事情就可以大大减少。共存才能共赢，一枝岂能独秀？

要甘愿做无名英雄。世界上许多人因为立了功，得到了应有的赞赏，授予模范、英雄等许多光荣称号，这是完全应该的。但是也要看到还有许许多多的人也立了功，甚至大功，却不为人知，不要说事迹，连个人名都没有留下来，要说他们也留下了，留下的就是精神，这个无形的精神甚至比有形的奖赏更要珍贵。人类不是为了得到某种奖赏而活着，而是为了某种意义而活着，什么叫永垂不朽，这就是永垂不朽。一想到这些，世界上争功的事也就可以少得多了。也正因为这些，世界上造成的许多矛盾，由一个不公正进入到另一个不公正，永远没有完结，贻害无穷。

心胸要开阔，不要小肚鸡肠，成天想着鼻子底下的一点事，不能吃半点亏。对人要宽厚，有容量，不要老是看人的不足，而要看人的长处，"三人行，必有我师焉，择其善者而从之，其不善者而改之"，大家都变得更好，不好吗？难道要大家都变坏不成？尊重别人，就是尊重自己，保全别人，就是保全自己。锅碗瓢盆都砸碎了，哪来的饭吃？

四、感悟

有福同享，有难同当，不要只扫自己门前雪，不管他人瓦上霜。

顾全大局，不只看小局。大局底下才有小局，全体下面才有局部。不要因小失大，鼠目寸光。认识大我，才有小我，离开了大我，还有什么小我呢！

从恒河里的沙子看一个人之于世界，虽然貌似不同，但意义却有相同之处。以彼想此，常常想想这些问题，似乎对于提高自己的思想境界能有所帮助，这也可能就是所谓的"佛法无边"吧！

我本善良

柔能克刚

柔弱胜刚强，这是老子的一个重要观念。

"天下之至柔，驰骋天下之至坚。"

"上善若水，水善利万物而不争，处众人之所恶，故几（接近）于道。"

这是老子柔能克刚的基本理念。

柔和刚究竟是什么性质，是一个怎样的关系呢？我有下面一些感悟。

（1）强和弱是相对的，而不是绝对的。什么叫强，什么叫弱，都是比较而言。尺有所长，寸有所短。然而尺与丈比较，尺就不长了，而短了；寸和一个线头相比，它又是长的了，而不是短的了。

（2）强、弱是要变化的。世界是在不断变化的，强、弱也一样。你今天是强大的，明天可能变得不那么强大了，一等大国变成次等国家了；你今天弱小，明天可能变得强大。这在世界上的例子太多了，举不胜举。你今天耀武扬威，明天却变成了阶下囚。本来看好的事物，却进了相反的走向，这是常事。

（3）人们一般同情弱者，而害怕或者憎恶刚者，因为刚者常常欺侮弱者，弱者常常受欺侮，谁甘愿受欺侮呢？

（4）一般来说，人类还是愿意做强者，而不愿意做弱者。因为强者终能保持强大，人家不敢欺侮它，而弱者则有一种不安全感。

（5）其实强者有强者的用处，弱者也有弱者的用处。两者相互协助，相得益彰。大木为梁，小木为楔。如果只有小木，没有大木，建不成一间房子；而如果只有大木，没有小木，同样也建不成一间房子。大木与小木各显其能，各展所长，你中有我，我中有你，一视同仁，各负其责。强者不能骄傲自满，不可一世；弱者也不要顾影自怜，自暴自弃。

（6）要尊重客观。既要看到自己的存在，也要看到别人的存在。既要看到自己的强大威力，也要看到对方的弱小刚毅。平等对待，强不骄，弱不馁，世界就能和平相处了。鲜花需要有绿叶，花园也要有草地呀！

（7）强和弱都要各守自己的本分，强的不必示弱，显得那么虚伪；弱的不要逞强，打肿脸充胖子，过度包装，贻笑大方。更不要彼此吹捧，是怎么样就是怎么样。

（8）世界上既有了强，就必然有弱，我是什么，就是什么，何必一定要乔装打扮，粉刷门面呢？如果水改变了自己的居处，也许老子就不那么称道水了，也不会说什么弱能胜强了。安居才能乐业，枪打出头鸟。

（9）所谓"柔能克刚"，重在一个"能"字上。是说"能"，而不是说"一定"。一个人要奋发图强，才能达到强，成天懒洋洋的人能强吗？不能呀！说一千遍，不如做一件事。从细小的事情做起，也许他能成就大业。集腋成裘，一根兽毛做不成一件皮衣。不是必然，而是"能够"。一字之差，差之千里呀！

（10）不能厚此薄彼，而要公平合理，一视同仁，平等对待。以理服人，不是以力压人。重在持久，而不是昙花一现。

要全面地理解弱能胜强的深刻含义，而不是只看到这个词句的表面。弱者坐着不动是胜不了强者的。强者坐着不动，也会慢慢地消磨意志，逐渐地变成弱者。其实这个道理也很简单，谁会不懂呢？恰如老子说的："弱之胜强，柔之胜刚，天下莫不知，莫能行。"不是不知道，就是做不到。但是人类社会是在进步的，人类的智慧总能有一天不仅懂得这一点，而且能做到这一点。

养生堂·我是大医生

　　北京电视台有一档节目叫《养生堂》，由悦悦、刘婧、一玲、陈赛等几位女士主持，每天下午五点半开始，一小时左右，约请了国内的一些中西名医、专家、学者、教授，甚至大师来向观众讲解病理，从各种疑难杂症到一般病痛，从治病到养生，从讲医理到开药方，从护理到卫生、饮食、锻炼等无所不包，后台人员配以各种实物和道具，患者现身说法，生动活泼，加之以"养生厨房"等方式，吸引了很多观众。每周四晚上还有《我是大医生》节目，也是讲解一些重要病症预防治疗过程的。讲解的医生极其认真，都做了精心的准备，主持人也都很敬业，密切配合，切入主题，相得益彰。这个节目播出已有多年了，因其波及面广，而且每次都有新意，受到观众的广泛欢迎。其他电视台也有不少医疗卫生节目，也都很精彩。

　　我看了这档节目以后感受最深的有下面几点。

　　一是医疗事业是一项积德的事业，医生是延长人们生命的救星。现在我国人民的平均寿命比以前延长了很多，这和我国医疗卫生事业的发展和医师竭尽全力治病息息相关。医生倡导救死扶伤，他们给病人看病总是希望把病治好，没有想把病人的病治坏的。但是医生只能治病，不能治命呀，不能把每一个人的病，每一种病都治好，否则世界上就没有死人了，这怎么可能呢？医生的工作非常辛苦，但他们都以苦为荣，以治好一个病人为最大的快乐，他们是值得人们尊敬的。

二是每一个人都要树立保持健康的意识。人的生命只有一次，人只能活一回，不能活第二回，人死了不能复生。自家的身体自家知，保持健康只能靠自己，不能靠别人。树立保持健康的意识，是使自己保持健康的先决条件。有了这个意识，你才会去探索如何保持自己的健康之道，没有这个意识，就不会去考虑怎样保持自己的身体健康，实际就是对自己的生命不负责任。

三是对于自己的身体，要根据平时的情况有一个大致评估。既不要认为自己的身体很好，好得很，没有病，什么病也没有，因而麻痹大意，漠不关心，放任不管；也不要老是提心吊胆，觉得自己得了什么病，惶惶不可终日。去医院检查没有检查出什么毛病来，但仍不放心，好像大病就要来临了，这就要去看心理医生啦，因为心理病比生理病还严重。不是你的生理上有了什么病，而是你的心理病把你害苦了。

四是有病就要就医，不要讳疾忌医。现在科学发达，有些病过去看不好的，现在如果能够早去医院检查诊治，就能看好。不看病，小病能变成大病，能治好的病变成不能治好的病，到时候后悔就来不及了。

五是即使是真的得了大病、重病，可能真的治不好了，也不要灰心丧气、颓丧、懊恼、害怕，觉得一切都完了，不看病了，回家去等待那一天。这种心态只会加重病情，有害无益。而是要心情达

观、乐观、想得开，听医生的话，积极地治疗，与病友交流治疗的经验，做适当的锻炼，树立信心。有的重病人因而延长了生命好多年，有的甚至痊愈了，恢复了健康，所以不要抱着等死的心情，萎靡不振，导致病情加重。死也要死得体面呀！

六是防患于未然。要定期进行体检，不要持体检"大病查不出来，小病查出来了也没有用"的虚无主义态度而不去检查，许多人的病还真是从体检中检查出来的。要在没有病的时候注意预防，这比有了病治病还重要。《黄帝内经》中说："不治已病治未病。""治未病"包括两层意思：一是未病防病，二是已病防变。要未雨绸缪，防患于未然呀！不是医院里病人越多越好，而是越少越好，这和监牢里的犯人不是越多越好而是越少越好是一样的道理。

七是要注意锻炼身体，劳逸结合。最好每个人都学会一种体操，外国人年轻时就都到健身房去锻炼、跑步、爬山、打拳，等等，中国人这样做的比较少，今后应多开展这方面的活动。

八是不要做不利健康的事。例如抽烟、酗酒、赌博、夜生活、过度玩游戏机，等等。不要自己和自己过不去，不要自己去找死呀！

九是每个人都要有一点医疗知识，例如突发病时如何急救，如何防范传染病，家里要置些什么常备药，知道急救单位和亲人的电话，以备不时之需，不致一时手足无措，耽误治疗。

十是要到正规的医院去看病，不要到不正规的医院看病，不要有病乱投医，甚至去搞封建迷信，求巫婆神医，吃神丹仙药。这也很重要。

这里用得着古人说的一句话：身体发肤，受之父母，不可毁伤。其实不光是父母，还有子女、亲人，他（她）们是多么关心你的身体健康呀！他们为你的病跑医院，找医生，东奔西跑，焦头烂额，心里着急，不仅影响工作，甚至也影响他们的身体。所以生病也不单纯是件个人的事，变成了大家的事。《养生堂》的节目为人们提供了治病养生的大好平台，值得一看。

四、感悟

学会跟孩子说理

中国的家长对孩子常说的一句话是："乖乖，好孩了，听话!"这几乎成了一句经典语言。孩子听爸妈的话就是好孩子，不听爸妈的话就不是好孩子。爸妈在家庭中是绝对权威。

但是偏偏有一些孩子不听话，让爸妈生气。于是就出现了爸妈打骂孩子的问题。爸妈想通过打骂来让孩子听话，由打骂而发展到暴力。报载父母用暴力打骂孩子，使孩子致伤、致残，甚至死亡的事件已屡见不鲜，孩子的生命因"不听话"而没有了保障，这不只是一个家庭问题，而且变成了一个社会问题，人权问题，这是不能允许的。最近国家出台了《反家庭暴力法》，其中就有涉及家长暴打孩子的问题，强调父母对于孩子应以文明方式进行家庭教育，依法履行监护和教育职责，不得实施家庭暴力。违反的要给予惩处，构成犯罪的，要追究刑事责任。这就把家长使用暴力毒打孩子的事提到了法律的高度，它关系到所有的家庭，关系到整个社会。但是这也并不是说家长一律不能打骂孩子，一打骂孩子就是犯罪，那恐怕家长还接受不了。这里指的是毒打孩子。

　　其实不能用听话不听话来判断是不是好孩子。听话不一定就是好孩子，不听话不一定就不是好孩子，要看在什么情况下。尤其是孩子大一点了，懂一点事了，有了自己的主见，不一定完全同意父母的意见，这也是很正常的。

　　中国过去有一种观点，认为孩子"不打不成器""棒头里出孝子"，好像只有打才能解决问题，其实不然。管教孩子是一门相当艺术的学问，不是光靠打骂能够解决的，需要依靠说理。孩子虽小也是懂得道理的，你用说理的方法跟他们讲清楚，他们就很自然地接受你的意见，改正缺点错误，这比用打骂的方法要好得多，有效得多。譬如有一位初中女学生，在学校里与老师的关系不是很好，说话冲撞了老师，老师对她有意见，孩子感到很苦恼。在这种情况下，家长既不能一味地责怪孩子不听老师的话，也不能袒护孩子指责老师。怎么办呢？家长首先要把这件事的来龙去脉搞清楚，然后向孩子表示：这是一件很平常、很正常的事情，不是什么大事。有些学校还鼓励孩子们提不同意见呢。因为这可以使老师和孩子们都开阔思路，集思广益，大家都有好处。但这里也有一个方式方法问题，如果学生有了不同意见立即在课堂上提出来，可能对正常上课造成影响，所以可以在下课后向老师提出来，可以用探讨的方式表明自己的意见，不要责怪老师。应该说，老师也是讲道理的，老师对于学生提出的正确意见一般都是欢迎的，乐于接受的，不会拒绝的，这样既是对老师的一种尊重，也起到了提不同意见的作用，不是一举两得吗？用这种方法劝导孩子，孩子一般是能够接受的，实践证明，这样做很有效。

　　当然，孩子们还小，不会像大人那样成熟老练，但是你跟他讲了道理，孩子明白了道理，就会更好地处理问题，这对孩子也是一

种教育。跟孩子说理的过程，也是家长自己提高认识的过程，也就是所谓的教学相长吧！孩子既是家庭的，也是社会的、国家的。打破几千年来打骂孩子的旧习惯，和孩子们做朋友，讲道理。这事说起来不难，做起来却并不容易，应该把它看作是家庭教育的一种改革。

爱生气

　　有些人年纪大了，爱生气。大事生气，小事也生气，动不动就生气，好像生了气，出了气，他才舒服；不生气，不发泄出来，就不舒服。主要表现为多指责人、多批评人，甚至骂人、打架，而愈生气愈生病，愈生病愈生气，有许多病是气出来的。俗话说："气死人不偿命"，这是指的别人把你气坏了不偿命，可这不是别人气你，而是你自己气自己。气死了怪谁呀？谁都怪不了，只好怪自己。

　　爱生气总还是有原因的。有的是属于一种病态，如患有抑郁症等，什么事都看不惯，生气；有的是本人性格急躁，执拗，一不顺心就生气；有的是多疑，本来与自己无关的事情，他听了就对号入座，以为是在说自己，因而生气；有的是属于生理现象，如在更年期爱生气；有的是看人看事总从坏的方面看，不是从好的方面看，把别人的好意当作恶意，气不打一处来；有的是自己不明事理，不分是非，本来自己不对，却总认为别人不对，因而生气。具体事例不胜枚举。

　　生气不好，主要是影响健康，本来没有病的，因生气而气出病来了，不值得呀！其次是影响家庭、朋友，本来是一个和睦的家庭，有很多好朋友，却因为你老生气，产生了许多疙瘩，人家不敢跟你多来往了，你变得很孤独，对身体也不利呀！

怎样来改变这种生气的毛病呢？

一是要认识到生气不好，不要生气。不要把生气看作是无所谓的事，我这么大年纪了，生个气还不行吗？或者自己生气了自己还不知道呢。不要只许我说，不许别人说，多听听别人的不同意见，慢慢地你就会觉得自己不一定对，你就心平气和了，疙瘩解开了。明白了这个道理，慢慢地你就不生气了。

二是要心平气和，平心静气地看待世界上的一切事物。你这么大年纪了，经历了许多事情，有顺心的，也有不顺心的，什么都过来了，还有什么事情放不下，让你生气呢？不要说没有事，即使有了事也用不着生气，生气不解决问题，大家一起研究，才能提出解决问题的办法来。

三是以善意解读别人。以己之心，度人之心。自己是善意的，相信别人也是善意的。人家跟你无冤无仇，为什么要恶意对待你呢？不会的。从好处想，就什么事都没有了。

四是如果是家人或者子女犯了事，这当然不高兴，有时要生气，但也要看开。一人做事一人当，子孙自有子孙福。我不要去托子孙的福，也不用去分担子孙失误的责任。当然这不是说父母对子孙的事不闻不问不管，而是要冷静处理，不要因子孙的事而伤神伤身体，以致使事态扩大，雪上加霜。

五是要忠厚对人，严于律己，宽以待人。对人对事要循循善诱，而不是求全责备。对人说理要比生气责备有效得多。

六是生气是一种不良心态，不能一下子就完全改好了。医书上说："慢病在养"，养就是静养，从静养中慢慢消减你生气的习惯和毛病，你就会变得和顺通达了。

一位女同志若有感悟地说：我本来也很爱生气，但现在好多了，主要是想通了。人生在世，潇洒走一回，生不带来，死不带去，要带着那么多气走干嘛？过去生气，越生越气，越气越生，没完没了，现在觉得这完全是自找的。世界上有这么多人，各人有各人的想法，要人家都听你的话，可能吗？不可能呀！人家有人家的活法，我有我的活法，互不干扰，大家都活得好好的；一生气，大家都活不好，何苦呢？不生气，快快乐乐，一生气，懊懊恼恼。快快乐乐是过一天，懊恼生气也是过一天，何必舍快乐而求懊恼呢！我现在不大生气了，家庭也和睦了，我的身体也比以前好多了，真是生气不知道不生气的好处，不生气比生气快乐多了。

看来生气这种毛病或习惯还是可以改过来的，生气病是能够治愈的。

四、感悟

未雨绸缪

　　未雨绸缪就是预先筹划、早作准备的意思。乘天还没有下雨之时就先把房屋漏水的地方修补好，想要喝水就先把井挖掘好，想要钓鱼就先把鱼钩和鱼网准备好，想要打仗就先把刀枪准备好。临渴掘井，临渊羡鱼，临阵磨刀就都晚了。

　　人活着，总想着做一番事业。要想做一番事业，就必须预先筹划，早作准备，不能临时抱佛脚。未雨绸缪，早作准备，能使一个人勤奋，为实现自己的理想而努力奋斗；能使人做到心中有数，为未来的事业画出一个蓝图；能使人振作起来，忙碌起来，活得充实，否则就会像一个幽灵一样，东飘西荡，漫无目的地在空间游荡，无所适从。所以预作准备、未雨绸缪是十分必要的。英国著名诗人雪莱被称为"天才的预言家"，他在著名的《西风颂》一诗中对西风说："请你吹起预言的号角，唤醒睡着的人类。""冬天已经到来，春天还会远吗？"早作准备，未雨绸缪，就能使自己成为一个预言家，预知自己将来会成为一个什么样的人。

　　早作准备，未雨绸缪，是要付出代价的。坐享其成是没有的，不劳而获是没有的，天上掉不下馅饼来，要用你的劳动去获得一切。

碰运气是没有的。哪有那么多运气让你去碰呀？靠买彩票，买跑马票、买跑狗票，靠赌博，不能使你的事业成功。机遇与挑战并存，有了机遇就要有能力去应战，没有能力也就没有机遇了，而能力是需要积累的。

靠别人是靠不住的，只有靠自己。别人可以帮助你，但不能代替你。别人能帮助你一阵子，不能帮助你一辈子。自己的事业自己创，难道别人可以为你创业吗？不可能。

未雨绸缪，早作准备，也得有几个遵循原则。

一是要实事求是，量力而行，尽力而为，做那些符合科学原理，能够做得到的事情，而不是一味地海阔天空，好高骛远，不切实际，做那些根本不可能实现，或者自己的智慧、力量达不到的事情。一个对算术毫无兴趣的人想要当数学家，那是不可能的；一个嗓子天然有缺陷的人想要成为一个歌唱家，也是不可能的。要做就要去做那些有望成功的事情，否则就是缘木求鱼，徒劳无功。

二是要坚持，不能三天打鱼，两天晒网。兴趣来了，连干三天，兴趣没了，连放三天，这没有用。做事不能停，一停就可能把前面做的事全忘记了，导致前功尽弃。

三是要一心一意，不能三心二意，这山望着那山高，一件事情还没有办完，就想办那件事去了，结果什么事也没有做成，徒然浪费时间和精力。

四是要不屈不挠，不怕困难，不怕失败。要办成一件事不会那么容易，不可能一蹴即就呀！其中会有多么大意想不到的困难呀！许多成功人士你知道他失败了多少次吗？几十次，几百次，甚至几千次，你只看到他成功的一刻，看不到他失败的场面。失败是成功

四、感悟

173

之母，只有承认失败，正视失败，才能在失败的基础上绽放出成功。

五是要勇往直前，永不停滞。一项工作做成了，一个目标达到了，要继续不断地提出新目标、新任务。事业总是在路上，没有完结的时候，只有勇往直前，才能攀登事业的高峰，不要小胜即止，轻易满足，而要活到老，学到老，做到老，这样人生才有意义。

六是不要嫉妒别人的成就。大家都在同一个起跑线上跑步，老天爷对大家是公平的，不会厚此薄彼。对取得成就的人要真心地祝贺他，向他学习取经，对自己的失败要总结经验，吸取教训，再接再厉，直到成功。

七是在完成一项任务的过程中，也要根据情况做适当的调整，不要一成不变，钻进死胡同。既要有原则，又要有灵活性，这就是活学活用。

八是要听取别人的意见，和大家一起商量，切磋琢磨，发挥集体的智慧，比你一个人坐在那里冥思苦想要有效得多。要从大处着想，小处入手，不要大事办不了，小事又不屑干，结果什么也干不成。天大地大，集体的力量最大，这是颠扑不破的真理。

世界上所有的事情都要早作准备，未雨绸缪，唯独有一件事不需要早作准备，未雨绸缪，那就是死亡。早作准备，未雨绸缪，通常都是为了做成一件事，完成一项任务。死亡也需要预作准备，未雨绸缪吗？不需要啦！但是偏偏有一些人为了死亡而去作准备，未雨绸缪，那是些什么人？贪腐分子。在世时顶风冒险，拼着命地去捞钱，弄来了几百万元，几千万元，甚至上亿元，请问你要这些钱干什么用？你想把自己的生活过得更奢华吗？你想把你的子女搞得荣华富贵吗？此外还有什么？结果是你自己害了自己，还害了孩子。人总是要死的，你能把这些贪腐来的钱带到阴曹地府去用吗？你是替死去准备呀？那你真是想错了。你活着时成天提心吊胆，朝不保夕，今天不晓得明天，总怕有人来揭发你，你活得快乐吗？不快乐呀！着急呀！一旦东窗事发，人财两空，你贪来的那些钱有什么用？你精心准备，未雨绸缪，为了几个钱拼命地挣扎，不过是黄粱一梦而已，一个屁也不值！

四、感悟

爱是一种天性

　　我看了冰心 20 世纪 20 年代写的"寄小读者"中一篇关于母爱的文章，心灵受到很大的触动。冰心小时候爱听母亲讲故事。母亲坐着，孩子抱着她的衣袖偎依在她的身旁。母亲说："你小时候呀，多病"，"大概只有三个月的时候吧，你就生病了，要吃药，你最害怕吃药。"当然指的是中药、汤药。"你听见端药的人的脚步声就惊怕，许多人围在你的床前，你乞怜的眼光不是看着别人，只是向着我，似乎那个时候你就已经认识了母亲！""后来有一次，你病得很厉害，我很着急，你父亲又不在，我就打电报给你父亲，叫他回来给你治病。"

　　冰心似懂非懂地问："妈，你到底为什么这样爱我？"母亲说："不为什么，只因为你是我的女儿！"冰心后来写道：是呀！母亲爱我"不为什么"，就因为"我是她的女儿，我是她身上的一部分"。这一种发自肺腑、精细入微的言语，怎不令人激动！"就因为你是我的女儿"，这是一句再平凡不过的话了，千百万做母亲的可能都说过这句话，可有谁去深刻体味这一句话的含义呢？"我是她身上的一部分"，这也是一句再平凡不过的话了，可哪一个女儿真正地想过这一句话的内隐？这种平凡的爱弥漫在母亲与女儿的心间，有什么可以代替这样的痴爱？没有。为什么会是这样呢？我想不出有别的名词来解释，无以名之，名之曰天性。一种与生俱来的人类的本质属性。母亲对女儿的爱是如此，扩而言之，父母对子女的爱都是如此，只是表现形式或有不同而已。

你信不信有天性，或者说天赋？我不知道，但我信。每个人的天性或天赋可能各有不同，譬如性格呀，爱好呀，等等，不一定每个人都一样，但是有一项是共同的，就是父母对子女的爱。哪一个父母不爱自己的子女呢？没有。也许有个别的例外，那是极少数，绝大多数父母都是天然爱自己的子女的。

父母对子女的爱并不是表现在一时一事上，也不是表现为父母为子女做了一件特大的，了不起的，轰轰烈烈的大事情上，而是表现在一些十分平凡的日常生活的细微末节上。正是这一点更显得其难能可贵。父母最怕孩子生病，"父母唯其疾之忧"，孩子今天体温有一点高，是不是发烧了呀？很着急，马上带着去医院。孩子会说话了，父母多么高兴呀！他（她）先会叫爸爸，还是先会叫妈妈呢？父母两个人都争着说："他（她）先会叫爸爸"，或是"他（她）先会叫妈妈"，似乎孩子先会叫谁就是自己的光荣。孩子会唱歌了，哪怕孩子的嗓子像破锣一样唱不了几句，父母都说唱得好，父母像个傻子一样地总是夸耀自己孩子某一项新的展现。父母最关心的还是孩子的学业。一些家境贫困的家长，省吃俭用，要供孩子上学。每一次开家长会父母总是要去的，想听听孩子在学校里的表现究竟怎么样，家长会开完了，还要拉着老师问这问那，似乎要把老师的心底都掏穿了，就只是为了了解孩子的底细。孩子的学习好，父母从

心眼里高兴，这是他们最大的慰藉；孩子学习不好，或者沾染了一些坏习，父母口头责备孩子，而痛在心里。子女在碰到危急的时候，父母扑在孩子的身上，宁愿自己受到伤害，也要拼命地保护孩子，有的父母甚至捐出自己的肾来挽救孩子的生命。这些看起来似乎都十分细小，不起眼，孩子们也可能并不觉得什么，但是试问有谁能够代替父母的这种爱呢？不可能呀！隔壁的张阿姨吗？对门的王叔叔吗？不可能，他们都有自己的孩子，他们首先要照顾好自己的孩子。为什么父母这样关爱自己的子女呢？只因为"她是我的女儿"或"他是我的儿子"，"他（她）是我身上的一部分"，这就是一种天性。

父母对子女的爱是这样的"无微不至"，他们难道想从子女身上得到什么报酬吗？不是的。父母在疼爱自己孩子的时候根本没有想到孩子将来要报答我。他爱孩子是一种天性。至于孩子报答父母，这是后续的事情，任何事情都不能撼动父母对孩子真诚的爱。

父母离异是对子女最大的伤害，子女从小失掉了母爱或父爱，这种心灵上的伤害是无法用别的东西来弥补的。

子女长大以后，结婚生子，同样地会把最大的爱给予子女，这和你小时候受到父母的最大的爱是一致的。

我想，不论社会进步到什么程度，家庭总还是存在的。在一个家庭中，父母对子女的爱总是第一位的，子女也会孝敬父母的，父母不必也不应该去想子女把谁放在第一位，把谁放在第二位、第三位、第四位。没有必要去这样想，因为你的父母也首先是把你放在第一位的，你怎么能要求你的子女把父母放在第一位呢？那于理于实都是不可能的。只要不是"有了媳妇就忘了娘"那种状态，子女心里还有着爹娘，在生活和精神方面给予适当照顾，就很好了。

如果有那么一天，人类的物质生活发展得很高，而精神生活却下降了，人们的脑海里只晓得钱，只想发财，什么亲情，父母、子女、兄弟、姊妹之情都没有了，那么人的天性也就泯灭了，我想这是绝对不可能的。

四、感悟

纳闷儿

有一件事我一直搞不明白，想请教一下有关人士，但又没有这方面的熟人，没有办法，就只好写一篇短文，以求之公众。

我的问题是：一个人，当他在做一件坏事的时候或之前，他究竟是怎么想的？譬如搞诈骗，如果简单地说一句，无非是想骗几个钱，发一点财吧！这样回答似乎是太简单了一点。也可能有这么几种情况：一是我太穷了，家无隔宿之粮，明天揭不开锅了，就只得诈一点钱来买粮食；二是家里老母生病，无钱医治，想诈骗一点钱来为老母亲治病；三是我要做一笔生意，但没有本钱，想诈一点钱来做生意。这类情况可能都有，但纵观社会上的一些诈骗分子，属于这一类情况的并不多。他们不一定没有钱买粮食，不一定真是为母亲治病，不一定真是为了做生意找本钱。那么究竟是为什么呢？随着生产的发展，人民生活水平的提高，科学技术的发展，这类现象不是有所减少，而是有所增多，其方式方法层出不穷，花样翻新，变本加厉，光怪陆离。

当今商业社会，做生意，谁不想赚点钱，发一点财呢？如果取之有道，倒也无可厚非。但是采用诈骗之术来发财，总是不太体面，不登大雅，说不出口吧！

诈骗者大多是一些智商很高的人，他们在实施诈骗之前大多进行了精心的策划。譬如碰瓷，第一，要缜密选择时机，我的车刚好碰到他的车，要证明是他的车碰了我的车，而不是我的车碰了他的车，我一定要显得很气愤，才能让他赔偿呀！第二，我的车碰了他的车，一定要是我的车损害大，他的车损害小，这样我才能理直气壮地要他赔钱，而且一定要表示出我有急事要办，不能拖延时间，迫使对方立即掏出钱来。第三，我虽然撞了他的车，但必须保证我的生命安全，或者擦伤一点皮，随即下车躺在地上，引起围观，对方要陪我上医院，我不同意，对方就只好给你一点钱说你自己去看吧！我也就如愿以偿了。第四，随后我从地上爬起来，看见那部车开走了，我也钻进自己的车里，一溜烟地开走了，心中窃窃自喜，"今天成功了，下次再来！"

我想问一下，这类靠诈骗为生的人有没有想过：我这样做缺德吗？我把别人的钱诓到我自己的口袋里，使别人遭受损失，做损人利己的事，以后是不是会有报应呀？堂堂一个男子汉，啥事不好做，难道一辈做这一个行当吗？你这算是有出息吗？万一被识破，被抓起来怎么办？在家里，孩子、老母亲、妻子，他们问你，钱是从哪里来的，你能说是诈骗来的吗？恐怕不大好意思说吧！你一定会说这是做生意赚来的，你心里感到舒坦吗？这些问题我想他们一定是想过的，不过利令智昏，为了能捞到几个钱，也就什么都不顾了。"只要能发财，管它什么缺德不缺德！""活一天，是一天，混到哪天算哪天！""就是被抓进去，也不过三年两年，出来后再干，况且不一定都被抓呀！"一种想发财的念头充满了他的脑袋，一种得过且过

混日子的思想充满了他的脑袋，一种侥幸过关的心理充满了他的脑袋，其实他有的只是躯壳，哪来什么脑袋！

一天，他在马路上看到他的妻子正在跟一个陌生男人交谈，看样子很亲密，手拉着手，他妻子温柔地偎依在那个男子身上。他看了大为光火：怎么我老婆有外遇了？跟人好上了？晚上两人都回家了，老公迫不及待地责问老婆："你白天干啥去了？那个男人是谁？"老婆说："情人呀！"老公说："你怎么去另找情人呀？"老婆说："骗几个钱花花不行吗？"老公说："你怎么去骗人家的钱呀？"老婆说："你能骗人，我就不能骗人呀？"老公说："你用身体去勾引人家，你不要脸！"老婆说："你还晓得要脸呀！"老公一时语塞，竟不知如何回答。一个七八岁的小儿子在旁边嬉笑着说："我将来长大了也要像爸妈这样干。"老爸一个耳光扇过去，打得儿子鼻青脸肿，四脚朝天，翻起身来冲着爸说："遗传么！"他心里冷不防打了一个寒战，寻思着：这就是报应吗？咯噔一声，竟然喷出一口鲜血来。

唉，真是的，一个人假如能够晓得一点羞耻，假如还想到要一点脸，还会干出这样的事来吗？我这里只是举了碰瓷一例，其他如电讯诈骗，等等，不一而足，就不多举了。

不怕穷，只怕不要脸。通过自己的劳动，穷可以变富，不要了脸，他一世也翻不了身。

至此，你自己提出的问题，解决了没有？解决了，也没有解决。还纳闷吗？还纳闷。

文化与文明

文化与文明有什么关系呢？一般来说，文化程度较高的人，其文明程度也比较高，文化程度较低的人，其文明程度也较低。相对来说，应该如此。

但这也不是绝对的。文化程度高的人，不一定文明程度就高，恰恰相反，有时候反而低；文化程度低的人，不一定文明程度也低，有时候还可能高。譬如中国人到外国去旅游，在名胜古迹上涂鸦，为人不齿，这些人不一定文化程度低，还可能很高。你可以说：有文化的人才有这种闲情逸趣，想在古迹上留个名，没有文化的人还没有这种雅兴呢！有的人到外国去抢购，什么好买什么，包括马桶盖、牛奶之类的，而没有文化的人倒不一定去抢购这些东西。你可以说：有文化的人才懂得这种享受，没有文化的人还不一定有这种享受欲望呢！这类话猛一听似乎觉得也有理？但仔细一想却觉得不太敢恭维。难道有文化的人吃喝玩乐都高人一等，没有文化的人就不能吃喝、不能玩乐了吗？不见得吧！

读者千万不要误会，好像我的意思是有文化的人文明程度低，

没有文化的人文明程度反而高，那大家就都不要去学文化，都是文盲，这个国家的文明程度就高了。绝对不是这个意思。我只是说：不一定。文化程度与文明程度的高低只是相对而言，并不是绝对的。老子说："知者不博，博者不知"，很耐人寻味呀！

究竟什么是文化，什么是文明呢？有没有一个比较明确的解释？当然有。查阅有关的词典词汇，一般都这样说：文化是指人类社会发展过程中所创造的物质财富和精神财富的总和，特指精神财富；而文明则是指社会发展到一定阶段（高级阶段）和具有较高文化的人和国家的行为。由此看来，所谓文化和文明都是指的人们所受的教育，所具有的知识，以及他们的行为规范。文化和文明二者既有关联，又有区别，不能等同，它们之间不是一而二、二而一的关系。

相对来说，文化程度较高的人，文明程度也应该是较高的，文化程度较低的人，其文明程度相对也比较低。这是因为文化程度比较低的人受的教育比较少，懂得的事物比较少，因此他比较容易做出不文明的事；而文化程度比较高的人，受的教育比较多，知道的事情比较多，所以他的文明程度也比较高。一般应该是这样的，但并非绝对，关键的一点是：看你所受的是什么教育。希特勒推行法西斯教育，要统治全世界，屠杀犹太人，发动了世界大战，千千万万生灵涂炭，这种人文化程度再高，有什么文明可言？如果你所受到的是赚钱发财教育，你满脑子就是赚钱发财，投机倒把，中饱私囊，什么事情都可以做得出来，这类教育受得越多，文化程度越高，文明程度可能越低。

因此说教育特别重要。教育有精神文明教育和物质文明教育两大类，两者都重要，但哪个更重要？我觉得精神文明教育更重要。精神文明教育就是教你如何做人，你连怎么做人都不知道，你的物质文明教育程度再高，有什么用？

近代人有一句话叫做："金钱不是万能的，但没有钱是万万不能的。"我想是不是能修正一下："金钱不是万能的，没有精神是万万不能的。"有了精神才能有金钱，没有精神不可能有金钱，即使有了也是靠不住的。这就是文化与文明的分界线。

看到有一些文化程度很高的人，其文明程度却很低，因此有感而写了此文。

四、感悟

偏执

偏执就是一种偏见，以偏概全。坐井观天，以为天就井口那么大，其实大谬不然。这看起来似乎是一个笑话，现实生活中这种情况却不少见。

譬如读一篇文章吧！不是前后对照着看，而是掐头取尾，或者掐尾取头，或者取其一点，不及其余。这样读书必然不能读通这篇文章，不能领会这篇文章的真意，甚或完全弄错了全文的中心意思。你取你的，我取我的，互相打架，谁说的都有理，实际都没有理，这在"文化大革命"时的大字报中尤为明显。

又如对一个人吧！本来是为表扬一个人，当然是讲其优点，感人之处，但有人认为这个人还有许多缺点或不足之处，你怎么没有提？譬如文章表扬一个人艰苦奋斗，生活朴素，但有人说这个人还下过馆子呢，这个人还有皮大衣呢，这个人还出国旅游过呢，似乎这个人并不是真的那么艰苦奋斗，生活朴素。这个观点看起来似乎很有理，实际也是一种偏见，难道一个人艰苦奋斗，生活朴素，就不能下馆子吃一顿饭，不能有一件皮大衣，不能出去旅游一趟吗？

这是完全不合情理的。作为县委书记的焦裕禄应该说是很艰苦奋斗、生活俭朴的，但他作为一县之长，公家配备他一辆小汽车，他因公坐小汽车，是不是就认为他不艰苦朴素了呢？不能吧！表扬一个人既是表扬他做的工作，更是表扬他的精神，让大家学习，有没有在表扬他的同时还必须提出他的一些缺点呢？不必了吧！如果要这样的话，那就完全失去了表扬这个人的意义，貌似公正，实则偏颇。正像法院判一个犯罪的人指出他杀了人，难道还要提出这个人也有很多优点，孝顺父母，疼爱孩子们，那你究竟是对他杀人判罪，还是为他孝敬父母而树功呢？

再如看一个社会，很多人认为现实社会有不正之风，贪污腐败呀，坑蒙拐骗呀，等等，看到的都是不好的。的确，这个社会确实有贪污腐化、坑蒙拐骗的事情，但是总体来说，这类人终究还是少数，有许多人在自己的工作岗位上兢兢业业，做出了许多成绩，使大家得到许多实惠，现在大家的生活水平比以前提高了许多，这谁也不能否认，为什么就专看社会不正之风的一面，而且把它放大，不看社会的正能量呢？这不能不说是一种偏见。

瞎子摸象。这个瞎子摸了象鼻子，说这就是象；那个瞎子摸了象的腿，说这就是象；再一个瞎子摸了象的耳朵，说这就是象。他们说的对吗？都对，但也都不对。他们摸到象的鼻子、腿、耳朵等都是象身上的，只是局部，不是全体。一个鼻子，一条腿，一只耳朵，不能代表象，而只有摸了全身，才能说出象的整体形状来，这个道理是再也明显不过的，我们看任何事物都是这个道理。

偏见是思想认识的一个误区，一叶障目，只见树叶，不见森林，你就不能看到一个真正的、真实的、全面的东西，你就可能迷失方向，满腹牢骚，否定一切，心情懊丧。这是非常危险的，也是对人、

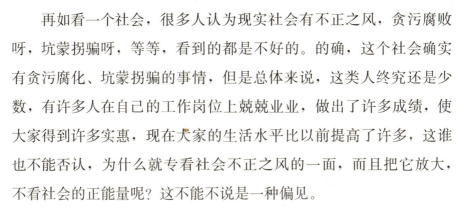

对事、对整个社会的不公平。

你只看到社会上的不正之风，黑暗面，实际就是对许许多多在平凡的工作中努力作出贡献的人的蔑视和轻忽，这是对个人的不公平。

既然你认为社会黑暗，你就不会鼓起勇气去面对这个社会，你就只会消极对待，意志消沉，你怎么会去振奋精神做好工作？这不仅对社会不起好作用，对你自己也是不利的，这对别人对自己都是不公平的。

其实一个人，一篇文章，一本书，一个社会，好和不好，正面和反面，都是相对的，不是绝对的。你说他好，他确实还可能有许多缺点不足，你说它不好，它确实也有许多好的方面。一个在边远地区付出了他的全部心血、终生在艰苦条件下作出贡献的人，也可能对他的家庭就照顾不上，你能因为他没有好好地照顾家庭，而否定他对社会作出的贡献吗？一个学者、一个作家，像春秋战国时期那些学者写出了很多著作，传给后世，对后世产生了很大影响，但是他们的学识也可能正确，也可能不正确，可能部分正确，部分不正确，可能当时正确，其后就不正确了，难道你能全部否认他们的学识，否认他们的全部理论吗？不可能吧！如果没有这些理论，就不会有后代的学术繁荣。

一个社会总是有光明的一面，也有黑暗的一面，但是必须肯定光明的一面是主要的，黑暗的一面是次要的。如果全部是黑暗的，我们就没有今天，就不能在世界上有发言权，我国的人民就没有颜面和世界上所有的人平等相处，甚至连容身之地都没有。

历史告诉我们，我们国家绵延数千年，历经沧桑，什么时候有现在这样，从一个极端贫困、极端分裂、极端腐败的国家变成一个精神振奋、物质丰裕、人民生活明显提高、国力明显增强、能在世界上说得上话的国家？人不能忘本，不能好了伤疤忘了痛，不能嘴里吃肉还在骂娘，不能求全责备呀！

世界万物，怕只怕一个偏字。偏会产生许多麻烦来。父母偏爱一个子女，其他的子女就会不满，就会闹事。一个领导偏爱他的一个或几个下属，其他下属就会不满，就不愿好好工作。大而言之，像韩国的一位女总统，偏爱她的亲信，结果闹得众叛亲离，自己也遭到弹劾，于国于己都受到很大的损害。偏见过度，甚至会产生一种偏执狂，凡是你说的、你做的，我都反对；不对的我反对，对的我也反对，危害就更大了。

让我们回到客观、公正的轨道上来。

还是孔子说的那句话：过犹不及。不吃饭是要饿死的，吃得太饱了是要撑死的，吃饱不吃饱虽然不一样，但于其死则是一样的。冬天不穿衣服是要冻死的，夏天穿大棉袄则要热死，时势不同了呀！不要太天真了，以为好就一切都好，坏就一切都坏。不要从个人的利益出发看待事物，要从公众的利益出发看待事物；不要光打个人的小算盘，要打一个国家、社会的大算盘。克服偏见、偏执，否则你看到的就一无是处，一片漆黑，寸步难行。正确地面对现实，做你自己应该做的事情，做好你自己的工作，对得起你自己，也对得起国家、社会。

浮躁

　　浮躁是一种鲁莽，一种草率，一种不负责，一种肤浅。

　　一言不合，拳脚相加，你推我搡，两败俱伤；事情还没有弄清楚，就大发议论，像法官判断一件案子一样轻易断定谁是谁非，结果查明并不是那么回事，自找没趣；口无遮拦，信口雌黄，满口胡言，人家笑你无知。这些都是浮躁的一些表现。当今社会这种现象并不少见，在网络上尤其如此，形成一种社会病。

　　和气、和平、和谐，报纸上天天在呼吁，人们天天在祈祷祝愿，即使是对立的两派人见了面还得握一下手，至少是一种文明礼貌，为什么一言不合，非要动手动脚，拳打脚踢，恨不得一下子把对方置于死地，只有你死，才能我活呢？世界就那么小吗？容不得两个人同时活在这个世界上？不会吧！那你们为什么动不动就恶言相向，拳脚相加，必欲置对方于死地而后快？假如都是这样，世界哪来的和平、和谐可言！我们的先哲早就说过"和为贵"，当今人们也说"和气生财"，你一点和气都没有，不要说生财，连命都要搭上哪！

　　说话，议论，总得要有根据呀，没有根据就妄加评论，判断是非，真像糊涂官判糊涂事一样，贻笑大方。没事生事，小事化大，大事沸沸扬扬，好像天就要塌下来了，我是救世主、我仗义执言、我主持公道、我打抱不平，这世界要由我来摆平，声嘶力竭，怒发冲冠，好像是在为民申冤，天下第一义士，其胸襟固然阔大矣，却令人有丈二和尚摸不着头脑之感。可是一查明真相，完全不是那么回事。道听途说、捕风捉影、主观想像、想当然，以为事情就是这样，其实大谬不然。等到把事情搞清楚了，真相大白了，事情完全不是你想象的那样，你就再也没有什么好说的了，你的力气算是白费，徒劳无功，反而露出了丑态。你这是干啥呀？傻不傻呀？

自诩学识渊博，总想一吐为快。人家不懂的，我懂；知道一分说三分，知道三分说八分，知道八分说十分；人家说是，我偏说不，人家说不，我偏说是，为什么？我比你渊博呀！我有独到见解呀！我鹤立鸡群呀！我高人一等呀！自我欣赏，你不佩服还不行。吹牛不花钱么！岂知一旦露出马脚就全盘皆输。明眼人一看就穿，不客气地揭穿你的老底，客气一点的虽不揭穿，却也知道了你的底细，下次你再吹就不灵了。你本想故弄玄虚，让人佩服，岂知适得其反，非但得不到人家的尊重，反而被人耻笑，"渊博"变成了"渊薄"，是你意想不到的吧！

凡是称为"浮"的东西，都是不怎么靠得住的，不是独立存在，而是必须紧靠在别的事物上，成为一种附庸。浮萍，它必须浮在水面上，才能生长，没有了水，就不能生长，否则就不叫浮萍了。浮生，浮生若梦，就是寄生，过着短期虚幻的生活，一眼望不到头，是一种消极的人生。漂浮、漂泊，都是举棋不定，摇摇欲坠的状况。

浮躁，可能是一种性格，天生的。有的人明知浮躁不好，却很难改，所谓江山好改，本性难移。其实如果他多注意一点修养，遇

事不要太急，多做一点思考，不莽动，不草率，这种浮躁毛病还是可以改得过来的。

浮躁往往是被一种私利所驱使，由于不能满足一己之私欲，就一切都看不惯，就向社会出气。你说东，我偏说西，你说西，我偏说东，我就是要跟你对着干，管它什么对不对，发泄一下再说。貌似公正，义愤填膺，实则为私，缺乏社会责任，否则你为什么不等事情弄清楚后再说，而是迫不及待地指东道西呢？其危害是鱼目混珠，给社会造成混乱。可是结果呢，并不像你想象中那样如意。公正仍然要回归公下，私欲总是斗不过公正。社会没有被搞乱，而你自己却乱了阵脚，你不但没有泄了私愤，却被社会所抛弃，你究竟捞到了什么好处，别人不好说，只有自己知道。

有一些人是随大流，偏听偏信。人家这么说，我也这么说，赶时髦，否则赶不上时代呀！你赶上赶不上时代其实是次要的，你丧失了主心骨倒是主要的，谁愿意让人说自己没有主见、随风倒呢！

一些浮躁的人，看似很强，实很脆弱，看似有理，实则无理，最多只是昙花一现而已。

为今之计，还是要多加一点学习，提高一点修养。古人说，修身、齐家、治国、平天下。身不修，你自己的家都管不好，还想管别人的事呀！你立志治国平天下，还是先注意一点自身的修养吧！

成熟

苹果熟了才能吃，不熟是不能吃的；麦子熟了才能收割，不熟是不能收割的；米饭要煮熟了才能吃，不熟，夹生饭，是不能吃的。人们通常说：这个人成熟了，有经验了，能办事，比较放心。有一句俗话叫做"嘴上无毛，办事不牢"，就是说这个人太年轻了，没有经验，办事不牢靠。看来成熟是一个正面的名词，人们都喜欢成熟，而不喜欢不成熟。

然而话也要说回来，小孩子，天真烂漫，似懂非懂，当然是不成熟，人们却都喜欢小孩子，喜欢小孩子的不成熟，因为孩子说真话，不说假话，人们喜欢说真话，所以喜欢孩子。有时候有人说"这孩子早熟"，或者说"那个孩子少年老成"，不知道究竟是褒还是贬，大概也要因人而异吧！

成熟固然好，不成熟也有好的一面，但是太熟了也会成为一个负面。一个老人无疾而终，中医说他是老熟了，就是说生命熟透了，到了尽头，不能再继续下去了，所以死了。这是一种生理上的自然现象，说它好也好，说他不好也好，总之人逃不过这一关。

对一个人来说成熟与否是如此，对一个国家、一个社会来说，何尝不是如此呢？

譬如我国要建成一个社会主义伟大国家，这是一个创举，历史上没有过，全世界也没有，究竟怎么搞，大家都没有经验，只能逐步摸索前进，不能想一步登天，一蹴而就呀！中国共产党有鉴于此，所以提出了社会主义的初级阶段等理论，是从实践中得出的经验结论。初级阶段实现了，时机成熟了，再谈中级阶段、高级阶段。饭总要一口一口地吃，不能一口吃成一个大胖子，古人早就提出了这个教训，后人照此办理就是。所以说成熟不可能一步到位，必须循序渐进，从"中国造"进到"中国制"，它始终是一个进行式。成熟是知识的增进，经验的积累，实践的检验，这是需要时间的。我们的许多人恨铁不成钢，希望我们的国家进步得再快一点，成就再大一点，社会再安好一点，这个愿望没有错，但愿望终究不是现实，心急吃不了热豆腐，需要经过多少人的艰苦努力，前仆后继，迎难而上，才能直抵于成。

再说，建设社会主义既需要物质条件，也需要精神条件，物质条件好了，人们的思想面貌要跟上，否则是白搭，就是条件还不成熟。物质条件和精神条件两者，物质条件很重要，但还比较好办，而精神条件的提高却更加难一些。因为人们的需要和欲望是没有止境的，好了还要好，谁都不会认为我们现在的物质条件已经很好了，不会的，而是予取予求。没有房子的想要有一套房子，有了一套房子的想要两套，有了两套想要三套，我要给我的儿子、女儿留着呀！有了大米白面，就想要海参鱼翅，山珍海味，他们把以前没吃没喝的情境已经忘记得一干二净，觉得这是理所当然的，好了伤疤忘了痛。所以如果只有物质条件的改善，而没有精神思想的提高，社会主义不管初级、高级都上不去，这是不言而喻的。

有时候，人们的思想认识也是很矛盾的。解放初期，一方面提出反对崇洋媚外，反对亲美、崇美、恐美，另一方面却又提出"超英赶美"的口号。所谓超英赶美，大概是指科学技术、物质文明方面的。现在我们提出要建立中国特色的社会主义，管你什么英国、美国，我们建设的是中国特色的社会主义，这个提法就更完备了。西方国家好的要学，不好的要摒弃；我们国家好的方面人家也可以学，不好的不要学。大家互相学习，共利双赢，这就是思想上成熟的一个表征。

有时候听到人们说：美国是一个"成熟的民主国家"，听了总觉得有些怀疑，是这样吗？不要说得太多太远，就拿近期美国两位总统候选人的表演，就让人嗤鼻。你揭我的老底，我揭你的丑闻，互相诋毁，各不相让，似乎是动真格的。这让人们觉得，如果真像两位候选人攻击的对方是这样的人，当了总统，他还能治理好这个国家、参与世界大事吗？这不能不令人打一个大大的问号。要么是言不由衷，要么是仅属一种选举语言，这能算是成熟了吗？我实在想不通。人们之所以称之为成熟的民主国家，大概是说他们不像有些所谓的民主国家在议会上一言不合就闹到大打出手、互相扯撕的地步，美国比这种情况要好，所以说它成熟，其实这不过是五十步与百步之差，与成熟不成熟没有关系。如果其他国家也都去学习美国式的这种"成熟的民主"，将把世界引导到什么地方去？我对美国式之民主知之不多，孤陋寡闻，但仅据这一点，总觉得不敢恭维！

有人可能认为我们国家不如西方国家自由，觉得西方国家自由，我们不自由。其实你翻开中国的历史，哪朝哪代有过现在这样的自由？现在人们肆无忌惮、自说自话的还少呀？总不应该有造谣惑众

的自由吧！自由应该体现出一种文明，体现出一种素质，一种不妨害社会公众利益才是呀！再说外国自由，你知道外国有许多不能容许的规定吗？哪一个国家能允许你畅言把一个州分裂出去？没有，不可能有。如果我们允许把我们国家固有的领土分出去一块，这也独立，那也独立，那我们中国要分成多少个国家？谁能允许？你是吃外国奶妈的奶水长大的吗？不是吧！这种人说得客气一点是无知，真的太无知啦！无知到这个程度，却自以为很高明，很现代，多么可悲！对自由的理解也是人们思想成熟与否的一个重要标志。

年轻人还不成熟，不要紧，慢慢地成熟。长辈们经历得多，成熟得多，要用自己的成熟指导孩子们的不成熟。长辈自己也要清醒，顾大局，识大体，向后辈循循善诱，不能误人子弟呀！

五、尾声

再见吧，朋友们

　　人到了我这个岁数，也就像一曲美妙的音乐，已经进入尾声了。

　　我用《再见吧，朋友们》为题写这篇文章，而且把它放在本书的最后一篇，可能会引起一些同志的误解。怎么用这几个字做题目写文章呢！莫非他快要不行了，行将入木了，带点告别的意思？如果同志们真的这么想了，我真是要谢谢你们了。我的回答：是，也不是。

　　说"是"。我今年已经89岁了，眼看就要90岁了，超过了我国甚至世界上人的平均年龄，可谓是很长寿了。年龄不饶人，年龄一年一年地上去，身体自然一年一年的下来，各种机能、器官都会出毛病，像我这样的年龄，说不行就不行，说有什么病就是什么病，也可能无疾而终，这是我之所以说"是"的一个基本原理。

　　说"不是"，是因为我虽然年岁已经很大，衰老，但从外表看来，身体似还可以，除了膝关节有点毛病以外，其他方面似乎还没有太大的异常。我每天还能读点书，看点报，写点字，想点问题，还能出去散散步，饮食起居、与人交谈也还算正常，除非发生突然

情况，生命似乎还能维持一段，不至于遽然就走了。这是我之所以说"不是"的一个基本缘由。

我之所以能做到这样，首要的原因是我的心态还好，我比较乐观，或者说比较达观，不太计较小事，心胸还算是比较开阔的。

其次是我能做一定的锻炼，主要是床上运动。每天早晨醒来以后不立即起床而是做操，这个操可以说是从头顶一直做到脚底，项目为：头顶按摩，耳朵按摩，眼睛按摩，双手搓揉，肚子按摩，腰部按摩，颈部按摩，缩肛，膝盖按摩，大腿屈伸和小腿按摩，脚心和脚趾按摩，劈腿，双肩和双臂按摩，轻打胸部，咬牙齿，等等，20来项，一个小时左右。

我每天早晨起来以后就量血压，一般正常。然后写个把钟头的文字。随后吃早饭。饭后外出散步，慢步走来回约5000步，一个小时左右。回来后就该做什么做什么，没有什么限制了。我这样做，有很多地方是吸收了"养生堂"的教诲，我看了这么多年的"养生堂"，得到教益最大的就是两个字："适当。"不是说什么都不能做，不能吃了，只是不要做过头，吃得太多了。譬如我爱吃肉，每天都吃，但不多吃，适可而止。不吃肉哪来的营养呀！医生的话，不能不听，也不能全听，你要保持身体健康，不听医生的，听谁的？

再是用一点脑子。我看书学习不是一目十行，一下子溜过去，而是看得很慢，一边看一边思考。退休20多年了，我写了《吾思吾言》《学习札记》之类的图书也有二十多本了，从春秋战国百家争鸣时代起，一直到秦汉晋隋唐宋元明清各代，民国时期一些著名作家的散文也大致浏览了一下，写了一些笔记。这一本《我本善良》算是我自己的杂文创作，虽然内容很一般，也算是一种《学而则思》吧！

最后是我的家庭情况比较稳定，子女们甚至外孙们工作学习都很努力，不用我操心，在生活上，有人全天候照顾我，我衣食无虞。

但是桑榆虽好，终究到了暮年，我也不时地回顾我的一生，喜怒哀乐，生离死别都免不了，总的来说，我这一生工作应该说还是比较顺利的，我遇到许多好人，这使我获益匪浅。

一是领导对我的信任和重用。行长级领导不必说了，我的几位顶头上司，如杨培新、冒舒湮、邵平、冯春林等，对我的培养教育，使我能在同侪中脱颖而出，肩负重任，在本单位做了一些力所能及的工作，我从心底里感谢他们。

二是在政治上没有出什么大漏子。历次政治运动，我既没有整人，也没有被整。就拿"反右"等运动来说，我有些思想也和一些后来被定为"右派"的人有相似的地方，但是我比较谨慎，有些话到了嘴边没有说出来，如果说出来，也可能被戴上"右派""右倾"的帽子，而我终得以幸免。不过现在看来我有些想法也许并没有错，但在那个特定的条件下就是错的罢了。

三是我和同事们关系比较好，我由一个一般编辑上升到总编辑，并且主持过出版社的工作，其实这也只是一种机遇，我的能力是不够的。我只是应付日常的工作，没有什么大的建树，而我的同事对我的工作是十分支持的，对我的缺点和不足给予谅解，现在回想起来也真是很不容易呀！同志们都以大局为重，对事不对人，所以出版社的工作一直能够正常地开展下去。2002 年底，当我不再返聘，离开工作岗位时，社领导主持召开了一个全社大会，向我赠送了一块匾额，表彰我几十年来在出版社的辛勤劳动，由社长和两位总编亲自送到我手里，这是我一生中最大的荣誉。

四是同志们对我的帮助关爱，不仅在工作上，而且在生活上。

例如我父亲去世，大冬天，几位同志、同学——王汉强、王治民、陈季东等到我家来，冒着严寒，蹬着自行车，和我一起把我父亲的遗体送往八宝山人民公墓，掘土、安葬、立碑，真使我感动万分，永世不忘。有的同志、同学对我的写作极为支持，从各方面给我提供资料，使我获得了更多的知识。还有的同学让我出了书多寄几本给他，由他亲自送到母校图书馆，虽然他也已经很老了，而且有病，这些都使我万分感激。

五是家人对我的关怀，我的小女儿、小女婿、大女婿夫妇、两个外孙，都对我非常关怀，不仅在日常生活上，而且在精神上，我在第一篇"反思"中已经提到了。甚至我在北京的一位妻弟，他住在房山，也经常给我打电话问候，表达了一种深厚的感情，就像他姊姊在世时一样。

六是我一生中最难过的事，是我父亲和母亲先后去世。父亲在20世纪60年代初去世，这是我第一次失去亲人，其悲伤是难以抑制的。母亲在20世纪80年代去世。而使我最伤心的莫过于2006年我妻子和大女儿在不到三个月的时间内离我而去，这对我的打击是可想而知的。我由一个温暖的家庭一下子感到无比的孤独，真的成为一个向隅而泣的可怜虫。但我慢慢地从沉沦中苏醒过来，我拼命地读书、写书、出书。我在每一本书的"后记"上都写上我妻子和大女儿的名字，怀念她们，偶尔悲从中来，也写了几首粗糙的小诗。我想用这种方法来表达我永远也不会忘记她们的心意。

七是由于我陆续写了一些书，我也有了一些粉丝。我每出一本书，向出版社买300本，主要是分送给一些老同志、老同学、老朋友。他们和她们收到书后，不论是男的，女的，年老的，还是年轻的，熟悉的还是不很熟悉的，都给我打电话，谈了他们看了我的书后的感想，有的还指出我书中叙述的缺点错误。他们和她们既是我的读者、朋友，也是我的老师。

八是老干部局对我的关爱。总行有一个老干部局，专管离退休的老职工，每个月我们都要去老干局开一次会，过一次组织生活。我送给老同志的书每次100多本，都是委托老干部局代为送达的。前几年，老干部局领导约请我和另一位老同志参加了一次在宜昌召开的全国金融系统老同志的经验交流会，带有表彰性质，我在会上谈了自己学习写作的经验，会上许多同志的发言也给了我很多启示和教益。老干局每年要组织一些老同志到郊区去几天，主要是学习，传达文件，听听课，做一些参观、浏览，他们对于我这样年龄的老人尤其十分关爱。在参观浏览途中，老干局的同志总是扶着我，有时持续一个来钟头。一次我们参观一个古城堡，要上一些台阶，老干局的同志一直扶我上去，下来时一位老干部局的前任副局长一直挽着我一步一个台阶地走下城堡，我的心里真是万分激动。我一直在想，我李某某何德何能竟至于能受到这样的关爱和帮助呀！我想他们这样做，不仅仅是关爱我个人，而且是体现了中国的一种传统的尊老爱幼的美德。谁说中国现代社会不讲道德关爱了呢？那种情况即使有，也是极少数，绝大多数同志的道德水平都是很高的，这使我看到了我们国家的光明前途。

说到底，我现在所有的，我们现在所有的，都是中国共产党给我们的。没有中国共产党就没有我的今天，没有中国共产党就没有新中国。中国共产党领导的新中国是一个蒸蒸日上、欣欣向荣的国家，我们每一个人都不要自暴自弃，而要奋发努力，为我们的国家建设添砖加瓦。有一句话叫做：中国强，少年强，或者说：中国强，青年强。一个国家的强弱可以看出这个国家青年、少年的强弱，青

年、少年的强弱，也可以看出这个国家的强弱。新中国现在还只是青少年时期，我们正在征途上，来日方长。老年人也要奋起余勇，有始有终，在这场音乐会上奏出一曲美妙的尾声。

再见吧，朋友们，但愿我们还能再见。祝你们健康，我也健康，大家健康。

我本善良

后　记

向你祝福

——遥致逝者

北国风光

喜迎春节

万象更新

气宇和平

来京于兹

六十六载

忆昔青壮

勤于任事

倏忽已经

头童齿豁

进入暮年

夕阳虽好

已是黄昏

我本善良

人生短暂
阴晴圆缺
变幻无常
如在梦中

所幸而今
国运亨通
创业维艰
全国人民
意气风发
共铸辛劳
重绘江山
姹紫嫣红
中华民族
伟大复兴
屹立世界
远交近联
赢得尊重
家国情缘
吾愿足矣
遥致逝者
向你祝福

2018 年春节